芭蕉と歩く「おくのほそ道」ノート

角川学芸出版 編

角川学芸出版

執筆　高柳克弘

はじめに

このノートは、芭蕉の『おくのほそ道』をたどる旅に持って歩き、旅の記録を残すためのものです。あなたの句を書き込んだり、その土地で心に残った事物を書き残すこともできるようになっています。

最初に『おくのほそ道』のハイライト部分を掲げ、さらに、芭蕉のあとにその場を訪ねた俳人たちの古今の名句を掲げました。原文の行間に◉が付いているのは、途中に省略があることを示します。

罫を引いてある部分は、あなたの作った俳句、また気がついたこと、食べたものなど、ご自由に記入していただくための欄です。

『おくのほそ道』の理解を助け、実際に旅行するために役立つ解説も付けました。

『おくのほそ道』全文は、最後に振り仮名付きでまとめてあります。この原文は角川ソフィア文庫『ビギナーズ・クラシックス日本の古典　おくのほそ道（全）』からの転載です。理解を助けるための注も付しました。

あなただけの貴重な記録を留める一冊となることを願っています。

芭蕉と歩く「おくのほそ道」ノート　目次

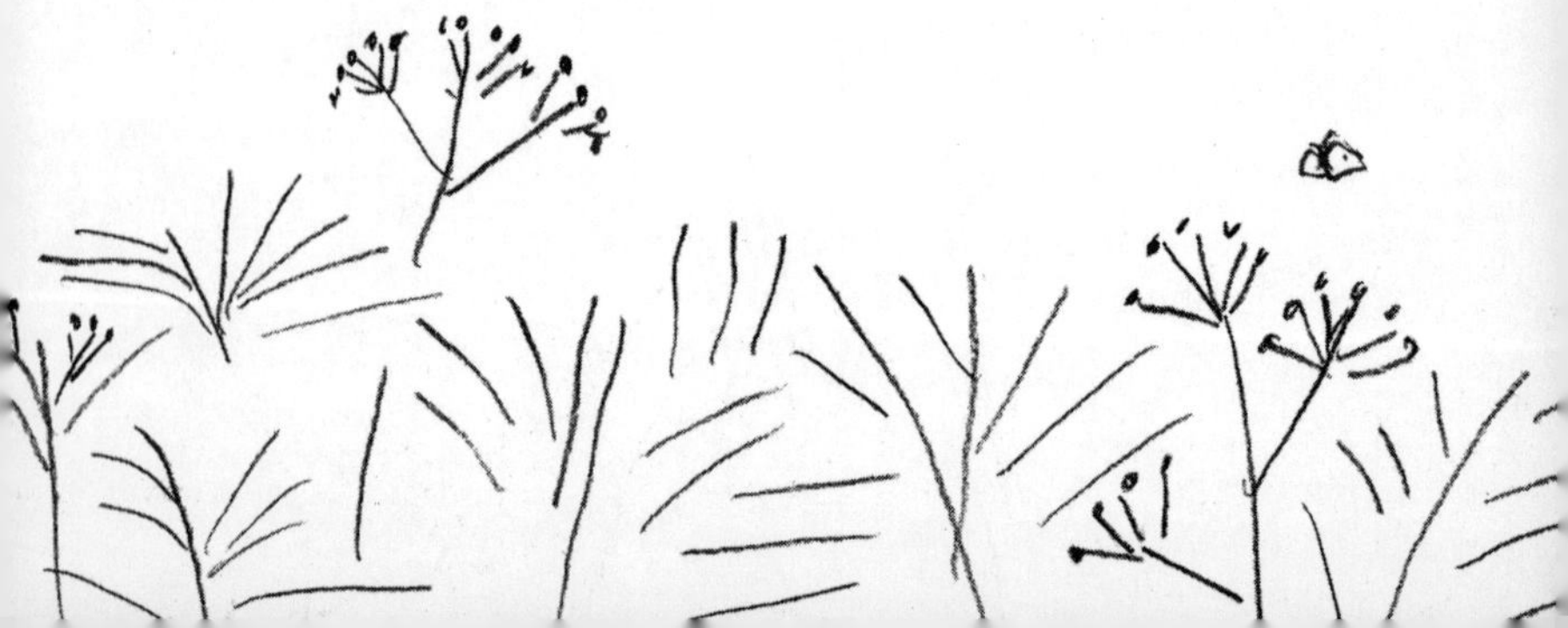

本文デザイン・装丁　ベター・デイズ
イラスト　霜田あゆみ
地図製作　オゾングラフィックス（126・127）
三角亜紀子（128・129・130）

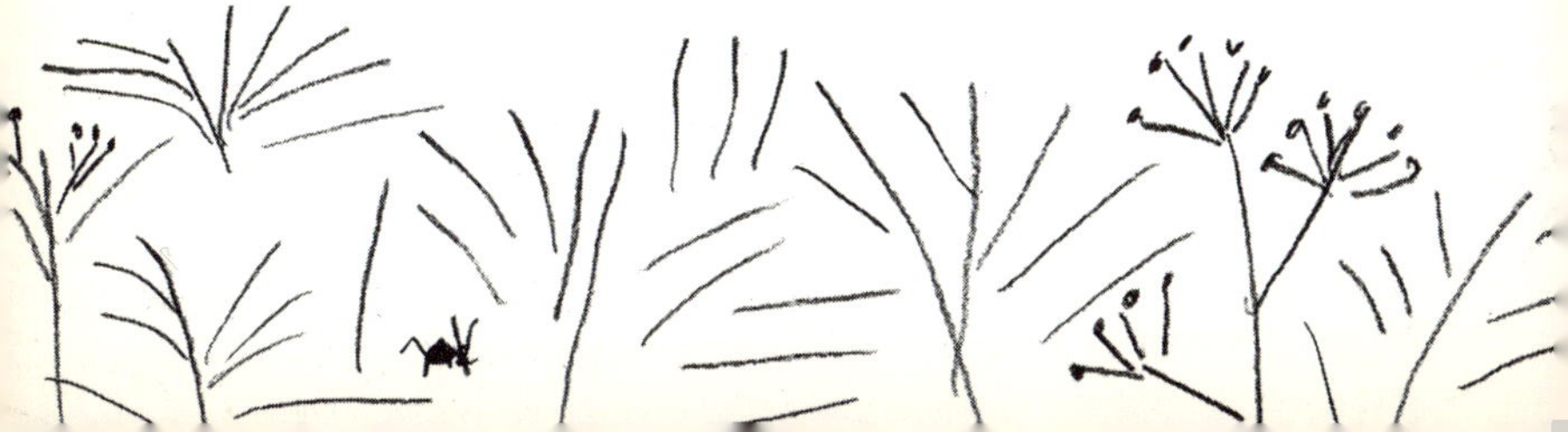

◆1 人生は旅

月　日

月日は百代の過客にして、行きかふ年もまた旅人なり。舟の上に生涯を浮かべ、馬の口とらへて老いを迎ふる者は、日々旅にして、旅を栖《すみか》とす。古人も多く旅に死せるあり。予も、いづれの年よりか、片雲《へんうん》の風に誘はれて、漂泊の思ひやまず、海浜にさすらへ、去年の秋、江上の破屋に蜘蛛の古巣を払ひて、やや年も暮れ、春立てる霞の空に、白河の関越えんと、そぞろ神のものにつきて心を狂はせ、道祖神の招きにあひて取るもの手につかず、股引《ももひき》の破れをつづり、笠の緒付けかへて、三里に灸すうるより、松島の月まづ心にかかりて、住めるかたは人に譲り、杉風《さんぷう》が別墅《べっしょ》に移るに、

草の戸も住み替はる代ぞ雛《ひな》の家

表八句を庵の柱に掛け置く。

深川は月もしぐるゝ夜風かな　杉　風

翁忌や深川に食ぶ浅蜊《あさり》飯《めし》　大橋敦子

菖蒲湯の香も深川の夜明けかな　吉井　勇

深川に木の実を拾ふ寒さかな　岩田由美

貞享五年八月下旬、足かけ二年にわたる上方行脚（『笈の小文』『更科紀行』に反映される旅）を終え、深川の庵に戻った芭蕉は、旅の疲れも癒えない元禄二年、「江上の破屋」と表現されている庵《いおり》を人に譲り、弟子・杉風の別宅（採茶庵《さいとあん》）に移って、次の旅の準備に入ります。すなわち、やがて『おくのほそ道』として結実する奥州への旅です。

『おくのほそ道』の冒頭部分は、古典の名文として、多くの日本人に愛唱されています。
まず、時間がめぐり、月や太陽が空をゆくように、人の一生もまた「旅」であるという考え方が示されます。そうした自然の摂理に倣い、「旅」に人生を賭けるのが詩人であり、旅人として生涯を終えた詩人たちは、芭蕉の理想でした。芭蕉もまた、彼らに連なる漂泊願望を持っていることが、この一節からうかがえます。ただし、従来の「旅」が、仏教的無常観を背景にしていたのとは異なり、芭蕉の場合、非日常の旅を、日常として生きようとしているところに、漂泊詩人としての新しさがありました。この一節を貫いているのは、つらい旅を覚悟した悲壮感だけではありません。リズムよく、音読にふさわしい声調は、旅によって新たな世界を開こうとする芭蕉の心の弾みを反映しています。対句や掛詞、縁語など、多彩なレトリックを駆使した文章は、これから始まる『ほそ道』の豊かな文学世界を予感させるのに十分です。
冒頭部を飾るのが、
草の戸も住み替はる代ぞ雛の家　　芭蕉
の句です。ただでさえ侘《わび》しい草庵《そうあん》を、今、こうして打ち捨てることで、一層荒れて果てるだろうが、いずれは娘を持った家族が住むこともあるだろう。そうすれば、絢爛《けんらん》の雛が飾られるにちがいない、といった句意です。住む人が変われば、荒れた庵も華やかな家になるというのは、本文で語られる、生々流転の摂理を象徴しているといえます。
かつて芭蕉庵があったとされる地には芭蕉稲荷神社が建ち、仙台堀川にかかる海辺橋の南詰に採茶庵跡があります。

◆2
旅立ち

月　日

弥生《やよひ》も末の七日、あけぼのの空朧々《ろうろう》として、月は有明にて光をさまれるものから、富士の峰幽《かす》かに見えて、上野・谷中の花の梢、またいつかはと心細し。

◉
行く春や鳥啼《な》き魚の目は涙

菖蒲葺く千住は橋にはじまれり　大野林火
上汐の千住を越ゆる千鳥かな　正岡子規
すれ違ふ船も朧や隅田川　稲畑汀子
雪降るやくらくしづかに隅田川　山西雅子

芭蕉が深川を旅立ったのは、元禄二年の旧暦三月二十七日の明け方。現在太陽暦に換算すると、五月十六日になります。芭蕉は曾良《そら》を伴い、庵のある深川から舟に乗り、隅田川をのぼっていきます。朧《おぼろ》に霞んだ空に浮かぶ有明月は、かぼそい光を投げかけるばかりですが、遠くに富士の嶺《みね》が見え、長く住んだ江戸への思いが深まります。また、桜の時期はすでに過ぎてしまっていますが、上野や谷中といった名所の桜を心の中に思い浮かべて、これからの旅路へのはなむけとします。

千住大橋の船着場で舟を下り、仲間とは別れ、いよいよ旅の始まりです。これからのはるかな道のりを思って、次の句を詠みました。

行く春や鳥啼き魚の目は涙　　芭蕉

過ぎ去っていく春を惜しむ心と、仲間たちと別れる感慨とを重ね合わせ、魚鳥の悲しみに託して表現した句です。ふつうなら「魚の目に涙」としてしまうところ、「魚の目は涙」となっているところが注目されます。「魚の目に涙」であれば涙は一二滴といったところでしょうが、「魚の目は涙」とすれば、目にいっぱい涙があふれていることになります。そのように、心を持たない鳥や魚ですら愁いに苛《さいな》まれる頃に旅立つ、芭蕉の胸中が察せられます。

仲間たちは姿が見えなくなるまではと見送ってくれています。後ろ髪を引かれるような思いで、一行は旅の歩みを進めていきます。

◆3 草加の宿

月　日

ことし、元禄二年にや、奥羽長途の行脚ただかりそめに思ひ立ちて、呉天に白髪の憾《うら》みを重ぬといへども、耳に触れていまだ目に見ぬ境、もし生きて帰らばと、定めなき頼みの末をかけ、その日やうやう草加といふ宿にたどり着きにけり。瘦骨《そうこつ》の肩にかかれる物、まづ苦しむ。ただ身すがらにと出で立ちはべるを、紙子一衣は夜の防ぎ、浴衣・雨具・墨・筆のたぐひ、あるはさりがたき餞《はなむけ》などしたるは、さすがにうち捨てがたくて、路次の煩ひとなれるこそわりなけれ。

梅を見て野を見て行きぬ草加まで　正岡子規

子雀《こすずめ》や草加の町の昼静か　吉田冬葉

雲雀《ひばり》鳴く塩せんべいの草加かな　野村喜舟

朝立に蝗蚱《ばった》をののく草加かな　髙柳克弘

芭蕉は、『おくのほそ道』の旅を思い立った理由をここで具体的に述べています。その目的は歌枕を訪ねての「奥羽長途の行脚」であり、耳で聞いてはいても、まだ実際に目にしたことのないところをめぐりたいという思いがきっかけでした。

深川を発ったその日にたどり着いたのは、草加の宿。綾瀬川沿いに一・五キロ続く松並木の道は、日光街道の名物です。とはいえ、旅を楽しむには程遠く、痩《や》せて骨ばった肩にのしかかってくる荷物の重みに苦しめられたといいます。からだ一つの旅が理想ではあったのですが、衣類や筆硯《ひっけん》はどうしても必要になってきます。それに加えて、餞別《せんべつ》にもらった品々も捨てることができなくて、道中の苦労の原因になってしまいました。まだ浮世のことにとらわれて、風雅の旅人になりきれない芭蕉の、やるせないためいきが文中から聞こえてきそうです。

◆4

室の八島

月　日

室の八島に詣《けい》す。同行曾良《そら》がいはく、「この神は木《こ》の花咲耶姫《はなさくやひめ》の神と申して、富士一体なり。無戸室《うつむろ》に入りて焼きたまふ、誓ひの御中に、火々出見《ほほでみ》の尊《みこと》生まれたまひしより、室の八島と申す。また煙をよみならはしはべるも、このいはれなり」。はた、このしろといふ魚を禁ず。縁起の旨、世に伝ふこともはべりし。

そのかみの室の八嶋はかげろへり　手塚七木

八雲立つ室の八嶋の遅桜　山田春生

畑中に室の八嶋や明易し　島田雅山

さやけしや室の八嶋に烟りたつ　矢島渚男

芭蕉一行は日光街道を北上し、歌枕である室の八島に参詣します。神道に詳しい曾良から、室の八島の縁起について聞きます。室の八島にまつられている「木の花咲耶姫」は、瓊々杵尊《ににぎのみこと》の妻。神話によれば、一夜で孕《はら》んだために国津神（地上に現れた神）との子ではないかと疑われ、疑いをはらすために誓いをたてて出口の無い室屋に入りました。本当に天津神（天から降った神）の子であればどんな状況でも無事に産めるだろうと、室屋に火を放ち、火炎の中で彦火々出見尊《ひこほほでみのみこと》を産んだといいます。そのため、室の八島は煙と合わせて和歌に詠まれる歌枕になったのです。『おくのほそ道』には載せていませんが、芭蕉はこの地で、

糸遊に結びつきたる煙哉《かな》　芭蕉

という句を詠んでいることが、曾良の書留に伝わっています。野に燃える糸遊《いとゆう》（陽炎）が、室の八島に立つ煙ともつれあっていると見た句で、歌枕の伝統的な詠み方を踏まえながら晩春の情景をダイナミックに描きだした句です。

はじめて訪れた歌枕の地であるにもかかわらず、実際の景色の描写がなく、曾良の話だけで構成しているのですが、旅の同行者であった曾良を読者に紹介するという意図もあったのでしょう。

◆5 日光

月　日

卯月朔日《うづきついたち》、御山に詣拝《けいはい》す。往昔《そのかみ》、この御山を「二荒山《ふたらさん》」と書きしを、空海大師開基の時、「日光」と改めたまふ。千歳未来を悟りたまふにや、今この御光一天にかかやきて、恩沢八荒にあふれ、四民安堵《あんど》の栖《すみか》穏やかなり。なほ憚《はばか》り多くて、筆をさし置きぬ。

あらたふと青葉若葉の日の光

灯のともる東照宮や杉の雪　正岡子規

日光の梅雨にぐつすり眠り猫　右城暮石

天ゆ落つ華厳日輪かざしけり　臼田亜浪

日光は紅葉を葺いて祭かな　山口青邨

三月三十日、芭蕉と曾良は日光山にたどり着き、麓《ふもと》の宿に一泊します。その宿の主人、仏五左衛門《ほとけござえもん》は、みずからを評して「よろづ正直を旨とする」人柄であり、その名のとおりに、乞食《こつじき》のようにみすぼらしい姿をした芭蕉たちにも、懇切なもてなしをしてくれました。芭蕉はその愚直ともいえる人物の中に、人間にとって大切な純粋さを見て、自らの理想像のひとつとして、「もつとも尊ぶべし」と惜しみのない賛辞を送っています。このような篤実の人物との触れ合いを、参拝前夜の出来事として語ることには、日光山のありがたさを強調する意図があったのでしょう。

明けて四月一日、いよいよ日光山の御社に参詣します。昔、「二荒山《にこうさん》」と呼んでいたのが、空海大師がここに寺を建立したさいに「日光」と改めたとのこと（開基は実際は勝道上人）。「日の光」と書くとおり、日光東照大権現の威光が、天下の隅々にまで行き渡っているおかげで、あらゆる身分の民が、心安らかに暮らすことができますと、感動の言葉を連ねます。「なほ憚り多くて、筆をさし置きぬ」と、それ以上言葉を重ねるのを控え、代わりに次の一句を置きます。

あらたふと青葉若葉の日の光　芭蕉

なんと尊いことだろう、神域の青葉若葉がそよぎつつ照り返している、まぶしいばかりの日の光は、といった句意です。「日の光」には「日光」の地名が掛けられ、太平の世をもたらした徳川家への感謝の念が、「あらたふと」の詠嘆として率直に表現されています。

◆6 黒髪山

月　日

二十余町山を登つて、滝あり。岩洞の頂より飛流して百尺《はくせき》、千岩の碧潭《へきたん》に落ちたり。岩窟《がんくつ》に身をひそめ入りて滝の裏より見れば、裏見の滝と申し伝へはべるなり。

しばらくは滝にこもるや夏《げ》の初め

ほととぎす裏見の滝のうらおもて　曾良

裏見の滝仰ぎ壺中にある思ひ　鷹羽狩行

滴りやうらみが滝の道の上　吉田冬葉

老杉に白い社殿のうららかや　滝井孝作

芭蕉が日光山を訪れた四月一日は、更衣の日にあたります。それに因んだ同行者曾良の句を紹介するところから、この章ははじまります。

剃《そ》り捨てて黒髪山に衣更《ころもがへ》　曾良

「黒髪山」に来てみると、黒という色から連想されて、旅の始まりに自分が黒髪を剃り捨てたことと、僧さながらの墨染めの衣に装いをあらためたことが、あらためて思い出される、という句意です。

「黒髪山」は、歌枕のひとつ。日光連山の主峰・男体山の別称です。芭蕉はこの句をあげて、曾良という人物をあらためて紹介します。いつも自分の生活を助けてくれる頼りになる人物であること、そして旅立ちに際して剃髪《ていはつ》をすませ、墨染めの衣に替え、覚悟を持って旅に臨んだことを明かします。「室の八島」の章のあと、あらためて同行者である曾良を読者に印象付ける狙いがあったのでしょう。

さて、日光山の麓に泊まった翌日の四月二日、二人は「裏見の滝」を見に行きます。社殿のあたりから、二十町あまり（約二・一八キロメートル）山をのぼっていくと、岩穴がある岩の頂から迸《ほとばし》る水が一気に落ち、無数の岩が重なっている真っ青な滝つぼに吸い込まれていきます。この滝は、浸食作用により、滝の裏側に洞窟さながらのくぼみができており、通常と逆の側からも滝を眺められるために、「裏見の滝」と呼ばれます。名瀑《めいばく》として名高いこの滝で、芭蕉が詠んだ一句です。

しばらくは滝にこもるや夏の初め　芭蕉

「夏」とは、旧暦四月十六日から九十日間、僧侶がひとつの場所に籠《こも》って修行する年中行事のことで、「夏《げ》籠《こも》り」「夏《げ》安居《あんご》」ともいわれます。折りしも夏籠りのはじめの季節、裏見の滝の裏の岩屋にいると、自分も夏籠りをしているかのように心身清浄な心持ちで、しばしの時を過ごしたことだ、という句意です。わずかな時間ではありますが、芭蕉たちは旅の疲れを癒す時間を得たようです。

なお、『おくのほそ道』の文中にはありませんが、この日、東照宮から大谷川沿いに下っていったところにある清流の景勝地・含満《がんまん》ヶ《が》淵《ふち》にも立ち寄ったことが、『曾良旅日記』にうかがえます。

◆7 那須野

月　日

那須《なす》の黒羽といふ所に知る人あれば、これより野越えにかかりて、直道を行かんとす。遥《はる》かに一村を見かけて行くに、雨降り日暮るる。農夫の家に一夜を借りて、明くればまた野中を行く。そこに野飼ひの馬あり。草刈る男に嘆き寄れば、野夫といへどもさすがに情け知らぬにはあらず。「いかがすべきや。されどもこの野は縦横に分かれて、うひうひしき旅人の道踏みたがへん、あやしうはべれば、この馬のとどまる所にて馬を返したまへ」と、貸しはべりぬ。小さき者ふたり、馬の跡慕ひて走る。ひとりは小姫にて、名を「かさね」といふ。聞きなれぬ名のやさしかりければ、

かさねとは八重撫子《なでしこ》の名なるべし　曾良

やがて人里に至れば、価を鞍壺《くらつぼ》に結び付けて馬を返しぬ。

厩出しや吹きつさらしの那須の原　阿波野青畝

那須野の子袷裏見え著《き》つつあり　中村草田男

栃木県那須郡大字雪解村　鈴木鷹夫

冬枯れて那須野は雲の溜るところ　渡辺水巴

下野の国の那須野のたんぽぽ黄　後藤比奈夫

秋風やみな耳立てて那須の駒　青柳志解樹

耕しの大晴れとなる那須野かな　雨宮きぬよ

まつくらな那須野ケ原の鉦叩　黒田杏子

黒羽の門弟を訪ねるため、日光を発った芭蕉たちは、那須野越えにかかります。那須野が原は、現在の栃木県北部の那須地方に広がる広大な扇状地で、「道多き那須の御狩の矢叫びにのがれぬ鹿の声ぞ聞こゆる　信実朝臣」（『夫木和歌抄』）の和歌にうかがえるように、縦横に入り組んだ道のため迷いやすく、旅人の難所でした。

途中、小さな村で一泊して、さらに野を歩いていくと、放し飼いにされている馬を見つけます。そこで草を刈っていた男に、野道がわからず困っていると訴えると、男は自分が一緒に行くわけにはいかないが、道が入り組んだ那須野を旅人が渡るのはたいへんだろうから、馬を貸してくれるといいます。使った馬は、動かなくなったところで追い返してくれればよいとのこと。田舎人とは思えない篤い人情に芭蕉は感嘆し、以後の道を馬に乗って進んでいきます。

すると、馬の後を追いかけて、ふたりの子どもが走ってきました。ひとりは女の子で、曾良が名前を聞くと、「かさね」と答えが返ってきます。このような鄙《ひな》の地で耳にするのは珍しい雅びな名前に感じ入った曾良は、こんな句を詠みます。

かさねとは八重撫子の名なるべし　曾良

「撫子」は、昔から、可愛い少女の暗喩として詩歌に詠まれてきました。那須野で出会った少女も、「撫子」と呼ぶにふさわしい可憐な少女なのですが、名を「かさね」と言うからには、ただの撫子ではなく花弁が幾重にも重なり合った「八重撫子」というべきだろう、といった句意です。

ようやく人里に出た一行は、駄賃を鞍壺に結び付けて、馬を送り返します。優美な名を持つ少女との出会いを中心として、全体的に物語調で、情緒纏綿《てんめん》とした一章です。

◆8
黒羽

月　　日

黒羽の館代浄坊寺何某のかたにおとづる。思ひかけぬあるじの喜び、日夜語り続けて、その弟桃翠《たうすい》などいふが、朝夕勤め訪《とぶら》ひ、自らの家にも伴ひて、親族のかたにも招かれ、日を経るままに、一日郊外に逍遥《せうえう》して、犬追物の跡を一見し、那須《なす》の篠原《しのはら》を分けて、玉藻《たまも》の前の古墳を訪《と》ふ。それより八幡宮に詣《まう》づ。与市扇の的を射し時、「別してはわが国の氏神正八幡」と誓ひしも、この神社にてはべると聞けば、感応殊にしきりにおぼえらる。暮るれば桃翠宅に帰る。修験光明寺といふあり。そこに招かれて、行者堂を拝す。

夏山に足駄を拝む首途《かどで》かな

黒羽に芭蕉七碑や草の秋　西本一都

黒羽の雨となりけり絵灯籠　土屋秀穂

原野を越え、黒羽に着いた芭蕉はまず、門人であった黒羽大関藩の城代家老、浄法寺図書《ずしょ》高勝（俳号を秋鴉または桃雪）を訪ねます。相手は芭蕉の思いがけない訪問を喜び、弟の桃翠やその親族の家にも招かれ、連句を巻いたり、俳諧について語らったりと、風雅の交わりに明けくれます。黒羽での滞在日数は、四月三日から十六日までのあしかけ十四間に及びました。『おくのほそ道』でこれほど長く一箇所に滞在した例は、他にありません。黒羽での人の出会いと交流が、芭蕉にとって有意義で快かったことを証明しています。

滞在の間に、当地の名所・旧跡を散策することもおろそかにしていません。蜂巣《はちす》の犬追物の跡地を見て、妖狐《ようこ》伝説で有名な玉藻の前の古い塚を訪ねます。それから、金丸八幡に参詣して、那須与一が扇の的を射たとき、誓いを捧げたのがこの八幡神社だったという話を聞きます。

修験道の寺である光明寺を訪ね、そこの行者堂を拝した際には、次の句を詠みました。

夏山に足駄を拝む首途かな　　芭蕉

これから始まる長途の旅を暗示するかのような夏山を前にして、健脚で知られる役行者《えんのぎょうじゃ》の高下駄を拝み、その気力と脚力にあやかりたいと願うことだ、という句意です。

なお、『おくのほそ道』には書かれていませんが、秋鴉亭の庭の景観を賞美した、

山も庭も動き入るるや夏座敷　　芭蕉

という句も、黒羽で詠んでいます。この地での人々との交わりが、芭蕉に旅を続けていく力を与えました。

◆ 9

雲巌寺

月　日

当国雲巌寺《うんがんじ》の奥に仏頂和尚山居の跡あり。
竪横《たてよこ》の五尺にたらぬ草の庵結《いほ》ぶもくやし雨なかりせば
と、松の炭して岩に書き付けはべりと、いつぞや聞こえたまふ。その跡見んと、雲巌寺に杖を曳けば、人々進んでともにいざなひ、若き人多く道のほどうち騒ぎて、おぼえずかの麓に到る。山は奥ある気色にて、谷道遥《はる》かに、松・杉黒く、苔したたりて、卯月《うづき》の天今なほ寒し。十景尽くる所、橋を渡つて山門に入る。
さて、かの跡はいづくのほどにやと、後の山によぢ登れば、石上の小庵《せうあん》、岩窟に結び掛けたり。妙禅師の死関、法雲法師の石室を見るがごとし。
木啄《きつつき》も　庵　は　破　ら　ず　夏　木　立
と、とりあへぬ一句を柱に残しはべりし。

雲巌寺雪解《ゆきげ》雫《しずく》の音こもる　高木良多
魚板打ち冬の山気をゆるがせり　能村研三
春蘭や水のひびきの雲巌寺　皆川盤水
雲巌寺道菜を懸けて憚らず　飯島晴子

黒羽に逗留《とうりゅう》中の四月五日、芭蕉は雲巌寺に出かけていきます。雲巌寺は、仏頂和尚ゆかりの寺院。芭蕉は、深川の臨川寺で、仏頂和尚に禅を学んでいます。和尚は修行時代、次の歌を寺に残してきたといいます。

竪横の五尺にたらぬ草の庵結ぶもくやし雨なかりせば

今の庵《いおり》は、四方が五尺にも満たない狭さではあるが、そんな小さな庵ですら結ばなければならないのが残念だ。雨さえ降らなければ、こんなものは不要であるのに、といった歌意です。一所不在の理想の生き方を詠ったこの歌に、漂泊者の芭蕉は深く共感していたのでしょう。

芭蕉といっしょに行きたいと願い出た地元の俳人が誘いあい、雲巌寺へ向かう途中は、大勢とおしゃべりしながらの、楽しい一時になりました。一行の中には若い人も多く、わいわいとにぎやかにいくうちに、いつの間にか寺のある麓まで来てしまいました。

雲巌寺は八溝山の懐深くにあります。谷道には松や杉が生い茂って、苔からは水滴がしたたり、四月だというのに寒さすら感じるほど。雲巌寺十景の尽きたところの朱塗りの橋・瓜瓞橋《かてつきょう》を渡り、惣門《そうもん》をくぐり、和尚の旧居跡を探して寺の後ろの山にのぼると、岩屋を背にして小さな庵が造ってありました。

芭蕉は、仏頂和尚の和歌に和して、次の句を詠みます。

木啄も庵は破らず夏木立　芭蕉

キツツキは「寺つつき」の異名も持つ鳥だが、この庵だけには、高徳の主にはばかって手出しをしなかったのだ、という句意です。「夏木立」は背景でもありますが、そのみずみずしい生命力に通い合うような「庵」の意外な頑丈さも示しています。非公開ですが、この仏頂和尚の庵は、今も残存しています。

◆10
殺生石・蘆野の柳

月　日

これより殺生石に行く。館代より馬にて送らる。この口付きの男「短冊得させよ」と乞《こ》ふ。やさしきことを望みはべるものかなと、
野を横に馬引き向けよほととぎす
殺生石は温泉の出づる山陰にあり。石の毒気いまだ滅びず、蜂・蝶のたぐひ、真砂《まさご》の色の見えぬほど重なり死す。
また、清水流るるの柳は、蘆野《あしの》の里にありて、田の畔《くろ》に残る。この所の郡守戸部《こほう》某の「この柳見せばや」など、をりをりにのたまひ聞こえたまふを、いづくのほどにやと思ひしを、今日この柳の陰にこそ立ち寄りはべりつれ。
田一枚植ゑて立ち去る柳かな

殺生石雪もこの世のものならず　山口誓子
元日の殺生石のにほひかな　石田波郷
遊行柳見る間に刈らる三角田　松崎鉄之介
佇むに遊行柳の絮《わた》とべる　大橋敦子

黒羽での長逗留ののち、いよいよ四月十六日、芭蕉一行は黒羽に別れを告げます。黒羽の城代家老であった門弟が用意してくれた馬で、目指すのは那須湯本温泉の殺生石です。

この馬の手綱を取っていた男が、芭蕉に短冊を求めてきました。卑賤《ひせん》な身分である馬子とは思えない、風流な申し出に感心した芭蕉は、次の句を書いて与えました。

野を横に馬引き向けよほととぎす　芭蕉

ほととぎすの鋭い一声が聞こえてきた方向へ、馬の首を向けよ。その声を導きにして、いまこの広大な那須野を渡っていこう、といった句意です。

殺生石は、謡曲で知られる名所。玉藻《たまも》の前の正体である金毛九尾の妖狐《ようこ》の、なれの果てとして伝わっています。石になってもなお近づくものを殺すといわれるとおり、蜂や蝶などの虫の類が、砂の色が見えないほどに重なり合って死んでいました。

殺生石は、現在も那須湯元の温泉神社裏手の山腹にあります。草木も生えない荒涼とした地に、那須火山から噴出した石がごろごろと転がっており、その中のひとつが殺生石とされています。付近の地中から、硫化水素ガスなどの有毒ガスが噴出しているため、殺生石の伝承が生まれたのでしょう。

続いて訪れたのは、遊行柳です。那須の東部、蘆野の里の田んぼの隅に残っていたこの柳は、殺生石と同じように、謡曲に登場する名高い名所でした。次の歌によって広く知られています。

道のべに清水流るる柳かげしばしとてこそ立ちどまりつれ　西行

謡曲『遊行柳《ゆぎょうやなぎ》』のあらすじは、諸国をめぐり歩いていた遊行上人が、この歌に詠まれた柳の精に出合い、成仏させるというもの。この柳については、江戸にいたころ、蘆野の領主・蘆野民部資俊から芭蕉は折々に話を聞いていました。西行を敬慕してやまない芭蕉にとっては、ぜひ見てみたい名所の一つであったに違いありません。その柳を、ようやく目の当たりにできた喜びを、次の句に書き残しました。

田一枚植ゑて立ち去る柳かな　芭蕉

西行にならって、「しばし」の間だけ立ち寄ろうとしたが、感銘のあまり、思いがけない時間が経過していたらしい。ふと見れば、早乙女が田を一枚植え終わっている。それを見届けて、充実した気分でその場を立ち去った、という句意です。

芭蕉の句に詠まれた柳は現在、一面に広がる田んぼの中で、静かにそよいでいる姿を見ることができます。

◆ 11

白河の関

月　日

心もとなき日数重なるままに、白河の関にかかりて旅心定まりぬ。「いかで都へ」と便り求めしもことわりなり。中にもこの関は三関の一にして、風騒の人、心をとどむ。秋風を耳に残し、紅葉を俤《おもかげ》にして、青葉の梢《こずゑ》なほあはれなり。卯《う》の花の白妙に、茨《むばら》の花の咲き添ひて、雪にも越ゆる心地ぞする。古人冠を正し衣装を改めしことなど、清輔《きよすけ》の筆にもとどめ置かれしとぞ。

卯の花をかざしに関の晴れ着かな　曾良《そら》

能因にくさめさせたる秋はここ　大江丸

白河の関の時雨の深き闇　有馬朗人

関守に髭の禰宜《ねぎ》ゐて大根干す　福原十王

龍胆や雲とまぎるる関の址　水原秋桜子

行き暮れて白河あたり雪催ひ　佐藤鬼房

ここよりはみちのくと呼ぶ雪降れり　八木澤高原

四月二十日、遊行柳を経て奥州街道を北上、芭蕉たちの旅はいよいよ白河の関に至ります。

白河の関は一般に新関と古関で呼び分けられています。芭蕉がまず訪れたのは、新関と呼ばれる境の明神。下野《しもつけ》と奥州の国境をはさみ、男女神一対を祀《まつ》る二つの神社が並んでいます。現在、二つの神社は無人となっていますが、当時は茶店が並び、旅人でにぎわっていたようです。一〇〇メートルほど北には奥州街道随一の清水といわれた「衣がえの清水」があります。

歌枕として知られているのは、古関のほうです。関東と奥州の境界として、古来多くの詩人たちが憧れた、第一級の歌枕といっていいでしょう。芭蕉たちは、国境から白坂の宿駅に向かい、その入り口で右折して、旗宿に着きました。ここに、みちのくの玄関と呼ばれる白河の関があったとされていますが、十二世紀から十三世紀のころにはすでに廃止され、芭蕉が訪れた頃には、おもかげすら残らず、なんの史跡も見つけられないまま関を越えていったと考えられます。それでも芭蕉は、白河の関を詠んだ古歌の数々を思い浮かべながら、眼前の卯の花や青葉の風景を楽しみました。

卯の花をかざしに関の晴れ着かな　曾良

ここでは、曾良の句が掲げられています。古の人は、冠をただし、装束をあらためて、この白河の関を通ったという。ただすべき冠も、あらためるべき装束も持たない私は、ただそこに咲いている卯の花を折り取って挿頭《かざし》として、この関を越えてゆく晴れ着とするのだ、という句意です。白河の関という異郷への関所を訪れ、旅人としての覚悟が定まったことがうかがえます。

◆12

須賀川・栗の花

月　日

まづ「白河の関いかに越えつるや」と問ふ。「長途の苦しみ、身心疲れ、かつは風景に魂奪はれ、懐旧に腸《はらわた》を断ちて、はかばかしう思ひめぐらさず。

風流の初めや奥の田植ゑ歌

むげに越えんもさすがに」と語れば、脇《わき》・第三と続けて、三巻となしぬ。

◉

栗といふ文字は、西の木と書きて、西方浄土に便りありと、行基菩薩の一生杖にも柱にもこの木を用ゐたまふとかや。

世の人の見付けぬ花や軒の栗

みちのくの万の牡丹に緑雨かな　澤木欣一

みちのくの闇のおもさの牡丹焚く　野澤節子

凌霄花《のうぜんか》阿武隈《あぶくま》川に懸りたる　川崎展宏

須賀川駅暮れつつありぬ白牡丹　皆川盤水

四月二十一日、白河の関を越えた芭蕉たちは、白河の城下町を訪れます。ここで見物したのが、室町時代の連歌師・宗祇《そうぎ》の旧跡「宗祇戻し」。鹿島《かしま》神宮で催された連句興行に参加するため、白河を訪れた宗祇が、綿を負った女にたわむれに声をかけたところ、見事な返歌をされたため、大いに恥じて都へ引き返した、という由来があります。

さらに歩を進め、奥州街道に戻り、歌枕である阿武隈川を渡ります。左のほうには会津の磐梯山がそびえ、右のほうには岩城・相馬・三春の地方が見え、ふりむけば奥州と常陸・下野国を隔てる山々が連なります。実際にはそこまで広大な範囲は見えませんが、芭蕉は心の中にこれらの景を描いたのでしょう。

矢吹の宿に一泊した翌日の四月二十二日、蜃気楼現象が起こるといわれる影沼を通りますが、あいにくの曇り空で、何も見られませんでした。その後、須賀川本町の相楽等窮《とうきゅう》（等躬）宅に到着。等窮は須賀川俳壇の指導的立場にあった俳人で、芭蕉の友人でした。等窮はまず、詩人としての芭蕉の覚悟を問うかのように、白河の関を越えたときにどんな句を詠みましたか、と尋ねます。それに対して芭蕉は、長旅で疲労していたのに重ねて歌枕に心を奪われ、あまり句は案じられなかったと謙遜しつつ、次の一句を示します。

風流の初めや奥の田植ゑ歌　芭蕉

みちのくに入ってはじめて耳にした田植え歌の、いかにもみちのくらしい鄙《ひな》びた情には、都の風流に勝るとも劣らない趣がある、といった句意です。等窮はその出来栄えに大いに感心したのでしょう、その夜、「風流」の句を発句として、連句が巻かれました。

等窮の屋敷の一隅には、可伸という僧が庵を結んでいました。芭蕉はこの庵で、可伸もまじえて連句の座を持ちます。世俗から離れて暮らす可伸に、芭蕉は西行のおもかげを重ねます。

山深み岩にしただる水溜《た》めむかつがつ落つる橡《とち》拾ふほど　西行

山奥で、岩から滴り落ちる水を飲み、橡の実を拾って食べるという、隠者の理想の境地を詠ったこの和歌を思わせるような、何者にもとらわれない可伸の暮らしぶり。食用にするため、庵の庭に植えてあった栗の木に触発され、芭蕉は次の一句を詠みます。

世の人の見付けぬ花や軒の栗　芭蕉

栗の花は、葉にまぎれてしまうような、淡い緑色をした花。それを愛でているこの庵の主も、世間に認められることなく、脱俗の境地に生きている人物で、心をひかれる、という句意です。

芭蕉の須賀川での滞在期間は、四月二十八日までの一週間に及びました。当地では、十念寺・神炊館《おたきや》神社・芹沢《せりざわ》の滝なども見物しています。

13 浅香山

月　日

等窮《とうきゅう》が宅を出でて五里ばかり、檜皮《ひはだ》の宿を離れて、浅香山あり。道より近し。このあたり沼多し。かつみ刈るころもやや近うなれば、いづれの草を花がつみとはいふぞと、人々に尋ねはべれども、さらに知る人なし。沼を尋ね、人に問ひ、「かつみかつみ」と尋ね歩きて、日は山の端にかかりぬ。二本松より右に切れて、黒塚の岩屋一見し、福島に宿る。

涼しさやきけば昔は鬼の家　正岡子規

青南風《あおばえ》や田水に坐すは安積山　角川源義

氷水これくらひにして安達ケ原　飯島晴子

黒塚の大岩舐《な》める秋の蟬　棚山波朗

四月二十九日、須賀川の等窮宅を出立、郡山に向かう途中で石河の滝を見物します。石河の滝（乙字が滝ともいう）は阿武隈川の川幅いっぱいに落ちこむ滝で、芭蕉は増水時を思いやって「さみだれは滝降りうずむみかさかな」と詠みました。

郡山で一泊した翌日の五月一日、檜皮の宿を出てすぐのところにある、『万葉集』以来の歌枕《うたまくら》・浅香山を訪れます「かつみ刈るころもやや近うなれば」とあるのは、端午の節句が近いということを意味します。奥州へ流された藤原実方が、端午の節句に用いるあやめがこの地方にないというので、代わりに浅香沼のかつみを葺けと命じたという話に因んでいます。ここでいう「かつみ」が、いったい何の植物をさすものかについては諸説あり、等窮をはじめ地元の人間もわかっていなかったようです。芭蕉はそのことを知り、いっそう「かつみ」の実体が気になったのでしょう。夏の一日、夕暮れまでを「かつみ、かつみ」とあたりを尋ね歩いたといいます。そこまで詩材に執着するところに、風雅に対する芭蕉のなみなみならぬ思いが感じられます。

結局「かつみ」は見つからず、鬼女伝説で知られる黒塚の岩屋をざっと見てから、福島に宿をとります。

◆14

信夫の里

月　日

明くれば、しのぶもぢ摺《ず》りの石を尋ねて、信夫《しのぶ》の里に行く。遥か山陰の小里に、石半ば土に埋もれてあり。里のわらべの来たりて教へける、「昔はこの山の上にはべりしを、往来《ゆきき》の人の麦草を荒らしてこの石を試みはべるを憎みて、この谷に突き落とせば、石の面《おもて》、下ざまに伏したり」といふ。さもあるべきことにや。

早苗とる手もとや昔しのぶ摺り

福島に信夫山ありほととぎす　森　澄雄

涼しさの昔をかたれしのぶずり　正岡子規

帰りゆく吹雪の信夫山めざし　福田甲子雄

青《あお》嵐《あらし》文《も》知《じ》摺《ずり》石《いし》を沈めたる　瀧　春一

福島に泊まった翌日の五月二日、芭蕉は有名な歌枕であるしのぶもじ摺りの石を訪ねて、信夫の里に行きました。忍ぶ草などの葉や茎をこの石に摺りこんで、みだれた模様の染め布を作ったと伝えられる石です。そのみだれた模様に、恋の思いを託して、歌人たちが多くの歌を残してきました。古今集の歌人・源融《みなもとのとおる》と虎女《とらじょ》の悲恋の伝説は、とりわけ知られています。旅立ってしまった融を思う虎女が、石を麦の葉で磨《みが》き続けると、やがて石に融のおもかげがうつるようになった、という伝説です。

しかし、芭蕉が見たのは、半ば土に埋もれてしまい、見る影もないしのぶもじ摺りの石でした。歌枕の現実を目のあたりにした芭蕉は、さぞかしがっかりしたことでしょう。里の子どものいうことには、もともとは山の上にあった石だったのこと。しかし、伝承にしたがって、畑の麦の葉をむしって摺りつける往来の人があとをたたないため、村人たちが怒って石を谷に突き落としてしまったのだといいます。なんとも荒っぽい話です。

失われた歌枕のおもかげを取り戻そうとするように、芭蕉は次の句を詠みました。

早苗とる手もとや昔しのぶ摺り　芭蕉

田植えの準備のため、早乙女たちが苗代の苗をとっている。その所作を見ていると、昔、しのぶ摺りをした手つきもこんなふうだっただろうかと、往時が偲《しの》ばれる、という句意です。「偲ぶ」と「しのぶ摺り」を言い掛けた技巧が鮮やかです。

◆15
飯塚の里

月　日

女なれどもかひがひしき名の世に聞こえつるものかなと、袂《たもと》をぬらしぬ。堕涙の石碑も遠きにあらず。寺に入りて茶を乞《こ》へば、ここに義経の太刀・弁慶が笈《おひ》をとどめて什物《じふもつ》とす。

笈も太刀も五月に飾れ紙《かみ》幟《のぼり》

桃熟れてあまりに若き烈女像　林　翔

医王寺のどくだみに足とられけり　梅津昭子

五月二日、芭蕉たちはもじ摺り石から一キロ余り北にある北上川の「月の輪の渡し」を越え、瀬の上という宿駅に至ります。目的である佐藤庄司の旧跡への道を、人に尋ねながら鯖野《さばの》に向かい、大鳥城のあった丸山という小山に着きます。ここが、奥州藤原三代秀衡《ひでひら》に仕えた佐藤庄司（元治）の館跡でした。その麓の瑠璃光《るりこう》山医王寺は、佐藤庄司一家の菩提寺にあたります。

佐藤庄司の息子、継信と忠信は、主君への忠義を尽くせという父の言葉を受け、源義経の忠臣として平家と戦い、数々の武勲をあげました。父・庄司もまた、源頼朝が平泉を攻めた際、主君の秀衡を守って戦死した、忠義の武将です。義経への憧れを抱いていた芭蕉は、佐藤庄司一家の菩提寺をめぐり、深く感動したようです。中でも芭蕉が心をひかれ、「感涙にむせんだ」とまで書いているのは、継信と忠信の妻の碑にまみえたときでした。二人の妻は、息子たちを亡くした佐藤庄司の悲しみを慰めるため、亡き夫の甲冑《かっちゅう》をまとってあたかも凱旋を果たしたように見せたと伝えられます。

寺に入って茶を所望すると、そこには義経所有の太刀や弁慶の笈が、宝物として所蔵されていました。芭蕉は次の一句を得ます。

笈も太刀も五月に飾れ紙幟　芭蕉

折りしも五月の節句の時期、この寺に伝わる弁慶の笈や義経の太刀を飾り、紙幟を立てて祝ったらよい。類まれなる勇士であった二人の遺品であるのだから、男子の祝いにはいかにもふさわしい、という句意です。

◆16

飯塚

月　日

遥かなる行末をかかへて、かかる病おぼつかなしといへど、羇旅《きりよ》辺土の行脚、捨身無常の観念、道路に死なん、これ天の命なりと、気力いささかとり直し、道縦横に踏んで、伊達《だて》の大木戸を越す。

明易し湯野飯坂の妓は寝ねず　阿波野青畝

蜩《ひぐらし》や雲のとざせる伊達郡　加藤楸邨

もじ摺《ず》り石、佐藤庄司の旧跡を見物した五月二日の夜、飯塚に泊まります。温泉に入ったあと、宿をとりますが、土間に莚《むしろ》を敷いただけの、なんとも貧しい家でした。灯火もないので、囲炉裏の火をたよりに寝床をしつらえて寝ますが、夜になって雷が鳴り、しきりに雨が降り出し、雨漏りの水がふりかかってきます。さらに蚤や蚊にあちこちを食われ、おまけに持病も起こってきて、失神するほどつらい思いをして夜を明かします。

翌朝、馬を雇って桑折《こおり》の宿駅に出ました。これから、まだ長い旅程が、芭蕉の前には横たわっています。にもかかわらず、今のうちからこんな病にかかっていてはどうなるのだろうと、不安がつのります。ですが、路傍に死んでもよいという覚悟で旅立ったのだから、たとえ道半ばで力尽きても、それが天命であると、気力を取り戻します。ちょうど、「伊達の大木戸」にさしかかったところ。その名のとおり、よろめく足をせいいっぱい踏みしめ、道を思うままに歩く「だて」な足取りで「伊達の大木戸」を越えていったのでした。

なお、飯坂温泉は古くは「鯖湖《さばこ》の湯」と呼ばれ、日本武尊《やまとたけるのみこと》が東征の際この地で湯治したといういわれが残っています。『おくのほそ道』には好意的に書かれていませんが、鳴子・秋保とともに奥州三名湯に数えられる、人気の温泉地です。

◆17 笠島

月　日

鐙摺《あぶみずり》・白石の城を過ぎ、笠島《かさしま》の郡《こほり》に入れば、藤中将実方の塚はいづくのほどならんと、人に問へば、「これより遥か右に見ゆる山際の里を、蓑輪《みのわ》・笠島といひ、道祖神の社・形見の薄《すすき》今にあり」と教ふ。このごろの五月雨に道いとあしく、身疲れはべれば、よそながら眺めやりて過ぐるに、蓑輪・笠島も五月雨のをりに触れたりと、

笠島はいづこ五月のぬかり道

旅衣ひとへにわれを護り給へ　正岡子規

実方のこゑか雀か青すすき　鈴木多江子

飯塚の粗末な宿で、旅の辛さを痛感した後、一行は奥州街道に戻り、伊達領に入ります。笠島で、芭蕉にはぜひとも訪れておきたい場所がありました。貴種流離譚《たん》の主人公、藤中将実方の墓です。『源平盛衰記』などに伝説化して語られるこの公卿《くぎょう》歌人の墓を詣《もう》でた際、西行は、次のような和歌を詠みました。

朽ちもせぬその名ばかりをとどめおきて枯野の薄かたみにぞ見る　西行

西行を敬慕していた芭蕉は、「かたみの薄」の場所を道行く人に尋ねて、教えてもらいます。ところが五月雨に降り込められ、結局かたみの薄を見ることなく、通り過ぎてしまった、と『ほそ道』には書かれています。あえて現地に赴くことをしなかったのは、なぜでしょうか。その理由は、章の最後に置かれた、次の一句が示しています。

笠島はいづこ五月のぬかる道　芭蕉

五月雨でぬかるんだ道を、古跡を求めて「いづこ」とひたすらに探し回る姿は、まさに漂泊者そのものです。そのような姿を示すことで、西行に代表される漂泊の詩人の系譜に自らを置くことが、芭蕉の狙《ねら》いでした。旅の大変さを痛感し、悲壮感に暮れた前章から一転、芭蕉が新しい詩境をつかみかけていることを、この句に見ることができます。

◆18

武隈の松

月　　日

代々、あるは伐り、あるいは植继ぎなどせしと聞くに、今はた千歳の形整ほひて、めでたき松の気色になんはべりし。

武《たけ》隈《くま》の松見せ申せ遅桜

と、挙白といふ者の餞別《せんべつ》したりければ、

桜より松は二木を三月越し

武隈の松誰どのゝ下すゞみ　桃隣

武隈の松を遠見に田草取る　岩崎素秋

「武隈の松」は、根本から二股に分かれた姿で有名な、歌枕でした。陸奥《むつ》に着任した宮内卿の藤原元善によって植えられたとされ、その後橘季通《たちばなのすえみち》、藤原実方、能因法師、西行などの歌人に多く詠まれてきました。旅の中で、失われた歌枕を見てきた芭蕉は、武隈の松が現在も古歌に詠まれたのと変わらない姿であることに感動します。芭蕉がまっさきに思い出したのは、次の歌でした。

武隈の松はこのたび跡もなし千歳を経てやわれは来つらむ　能因法師

この歌にみられるように、武隈の松は、人に伐られたり野火に焼かれたりして、史跡しか残っていない時期もありました。だからこそ、武隈の松が確かなものとして目の前にあったことに、芭蕉は胸を打たれたのです。ちなみに、芭蕉たちが見た武隈の松は、五代目だったと言われています。

ここで芭蕉は、旅立ちの際、弟子の挙白が餞別にくれた句を思い出しました。

武隈の松見せ申せ遅桜　挙白

春の訪れるのが遅い奥州の「遅桜」に向かって、芭蕉翁が訪ねてきたら武隈の松をお見せしなさい、と呼びかけた句です。芭蕉は、これに答えるかのように、次の句を詠みます。

桜より松は二木を三月越し　芭蕉

桜が咲く三月に深川を発って、待ち望んだ武隈の松をようやく見ることができたのは五月。二木の松を、三月越しに見ることができたということだ、という句意です。

武隈の松は、現在も二木の松史跡公園の一隅に見ることができます。七代目の姿といわれています。

◆19
宮城野

月　日

なほ、松島・塩竈《しほがま》の所々、画に書きて贈る。かつ、紺の染緒付けたる草鞋《わらぢ》二足餞《はなむけ》す。さればこそ、風流のしれ者、ここに至りてその実を顕《あらは》す。

あやめ草足に結ばん草鞋の緒

かの画図にまかせてたどり行けば、奥の細道の山際に、十符の菅《すげ》あり。今も年々十符の菅菰《すがごも》を調へて国守に献ずといへり。

宮城野の夏野を飛べる鴉《からす》かな　長谷川かな女

宮城野の蝙蝠《こうもり》翔ける夕桜　中村汀女

宮城野のどの子に触るる風花ぞ　藤田湘子

宮城野の萩の下葉に死後も待つ　佐藤鬼房

仙台に入ったのは、端午の節句の前日である五月四日、あやめを葺《ふ》くならわしの日でした。国分町の大崎庄左衛門の旅籠《はたご》屋に宿をとります。『曾良旅日記』によれば、五月六日には、伊達家の守護神を祀った亀岡八幡宮を参詣しています。

芭蕉が頼みとしていた仙台の有力な俳諧師・大淀三千風《おおよどみちかぜ》は、折り悪く全国行脚のため留守でした。代わって、三千風の高弟であり、歌枕の調査をともに行っていた加右衛門が、芭蕉を仙台の名所に案内してくれることになります。五月七日、まず訪れたのは、萩の名所である宮城野原。現在の仙台市東部の郊外にあたり、住宅地に変わったためほとんどその俤《おもかげ》を偲《しの》ぶことはできませんが、芭蕉が訪れた当時は萩が茂っていたようです。古歌に詠まれたように、秋になって花が咲き乱れるさまを思いやります。ついで、玉田・横野を見て、榴ヶ岡《つつじがおか》にまわります。次の歌をきっかけにして、歌枕として詠まれるようになった地です。

とりつなげ玉田横野のはなれ駒つゝじが岡にあせみ花咲　　源俊頼（『散木奇歌集』）

「あせみ花」は、馬酔木《あせび》の花。毒があり、馬が食べると酔ったようになることから、その名が付けられました。すでに馬酔木の花の時期は終わっていましたが、芭蕉は俊頼の歌をよすがに、名所の見物を楽しんだのでした。なお、玉田・横野は、現在の仙台市東北の丘陵地帯にあったとされます。榴ヶ岡は、名前のとおり、つつじの名所でしたが、十七世紀末、仙台藩四代藩主伊達綱村が京都から取り寄せた千本余の桜を植えて以来、桜の名所として知られるようになりました。現在は、榴岡公園となっています。

ついで訪れた「木の下」は、宮城野原の南、薬師堂あたり一帯をさし、現在の仙台市若林区木の下地区にあたります。「みさぶらひ御笠《みかさ》と申せ宮城野の木《こ》の下露は雨にまされり」（『古今集』東歌）と詠まれたような露深さを、芭蕉は松林の暗さに偲ぶのでした。このあと、薬師堂と天満宮にも立ち寄り、本文には出てきませんが、仙台東照宮にも立ち寄っています。

仙台を旅立つ際、加右衛門はほし飯一袋と、紺染めの緒をつけた草鞋二足を餞別にくれました。このような風流な贈り物をする加右衛門の人物に感じ入った芭蕉は、次の句を詠みます。

あやめ草足に結ばん草鞋の緒　芭蕉

まるで菖蒲《あやめ》を引き結んだかのような、青い染め緒の草鞋を履いて、これからの旅を力強く進めていけそうです、といった句意です。加右衛門への謝意を示した句といっていいでしょう。

五月八日、仙台を発った芭蕉一行は、加右衛門の書いてくれた名所絵図どおりに塩竈街道をたどり、岩切新田に着きます。ここには「おくのほそ道」と呼ばれる小道があり、その道が通る山際に沿って、「十符の菅」が生えているのを見つけます。この菅で作った菰は模様が美しいために珍重され、今も国主に献上されていると聞き、芭蕉は驚きます。

風流の人・加右衛門の力添えで、芭蕉たちは仙台で多くのゆかしい名所に触れることができたのでした。

◆20

壺の碑

月　日

昔より詠み置ける歌枕多く語り伝ふといへども、山崩れ、川流れて、道改まり、石は埋もれて土に隠れ、木は老いて若木に代はれば、時移り、代変じて、その跡たしかならぬことのみを、ここに至りて疑ひなき千歳の記念《かたみ》、今眼前に古人の心を閲《けみ》す。行脚の一徳、存命の喜び、羇《き》旅《りよ》の労を忘れて、涙も落つるばかりなり。

壺の碑を見る秋風に鑰《かぎ》鳴らし　松本　旭

多賀城の紅葉しぐれにあひにけり　石原八束

茶が咲いて多賀城址空広きこと　宮津昭彦

引鶴の径ひかりたる多賀城址　宮坂静生

「おくのほそ道」に踏み入り、その先の多賀城に至った芭蕉は、「壺の碑《いしぶみ》」に接します。

坂上田村麻呂が弓の矢尻《やじり》で「日本中央」の文字を刻みつけたと言い伝えられる歌枕「壺の碑」は、何をさすのか。実在も定かでない幻の歌枕ですが、今日でいう「多賀城の碑」を、芭蕉はそれと信じていたようです。

多賀城は、奈良時代前半に陸奥《むつ》の国府・鎮守府として置かれ、大和朝廷の軍事的拠点として蝦夷《えぞ》との戦いの場ともなりました。政庁跡は、現代も多賀城市市川に、礎石のみが残っています。

多賀城の南門跡近くにあったのが、壺の碑です。天平宝字六年（西暦七六二年）に建立され、高さは一九六センチ、最大幅は、九二センチ。碑には、平城京や各国境からの距離や、多賀城の創設や修造に関することが、百四十一文字で刻まれています。現存しており、鞘堂《さやどう》の中にその碑文を見ることができます。

芭蕉はここで、碑に書かれた文字を、写し取っています。壺の碑が、長い時間を経てなお古歌に詠まれた姿をとどめている感動を、碑文を写し取るという行為によって表したのでした。

◆21

末の松山・塩竈の浦

月　日

それより野田の玉川・沖の石を尋ぬ。末の松山は、寺を造りて末松山《まつしょうざん》といふ。松の間々《あひあひ》皆墓原にて、翼《はね》を交はし枝を連ぬる契りの末も、つひにはかくのごときと、悲しさもまさりて、塩竈《しほがま》の浦に入相《いりあひ》の鐘を聞く。

◉目盲《めくら》法師の、琵琶《びは》を鳴らして、奥浄瑠璃《おくじょうるり》といふものを語る。平家にもあらず、舞にもあらず、ひなびたる調子うち上げて、枕《まく》近うかしましけれど、さすがに辺土の遺風忘れざるものから、殊勝におぼえらる。

道ばたにしぐれて沖の石といふ　富安風生

二もとの契の松に春時雨　遠藤梧逸

昔と変わらない壺《つぼ》の碑《いしぶみ》の姿に感動した芭蕉と曾良。二人はその後塩竈街道に戻り、五月八日の夕刻、塩竈に到着。御釜《おかま》神社、末の松山、沖の石、野田の玉川といった土地の名所を巡ります。

御釜神社には、神器とされる四つの釜が奉置されており、社務所に許可を得れば、拝観することが可能です。「末の松山」は、小高い丘陵にあり、「君をおきてあだし心をわが持たば末の松山波も越えなむ読み人知らず」（『古今和歌集』東歌）などの歌で知られる、恋の歌枕です。本文に書かれているように、末松山宝国寺の裏手にありました。寺の墓原を眼前にした芭蕉は、はなやかな恋の歌枕の変貌ぶりに、世の無常を痛感します。「沖の石」は、末の松山から少し下っていったところにあります。小池の中に島が浮いているだけの景に、戸惑いを覚える人も少なくないようですが、「わが袖《そで》は潮干に見えぬ沖の石の人こそ知らね乾く間もなし　二条院讃岐」（『千載集』恋）の歌に見られるように、「沖の石」は本来乾くことがない海中の石をさすもので、もともと特定の石があるわけではありません。「野田の玉川」は、多賀城市と塩竈市の境を流れる川。「夕されば潮風越してみちのくの野田の玉川千鳥鳴くなり　能因法師」（『新古今集』冬）による歌枕です。現在は整備されて一部しか残っていません。この川にかつて架かっていた八つの橋の一つに「おもわくの橋」があり、前九年の役で有名な武将・安倍貞任が、恋人と待ち合わせをした場所と伝えられます。江戸時代には、西行の「踏まば憂き紅葉の錦ちりしきて人もかよはぬおもはくの橋」（『山家集』）に因んで実際に楓が植えられ、名所として親しまれていました。

夕暮れになって、塩釜の湾に入相の鐘が響きわたります。わびしい漁村の浜辺で、漁夫たちが魚を分ける声を聞きながら、芭蕉は旅愁を深めたに違いありません。その夜は、法蓮寺門前の宿に泊まりました。この夜、盲目の法師が琵琶で語る奥浄瑠璃を聞いたとあります。数々の歌枕を巡った一日の終わりにふさわしく、みちのくの鄙《ひな》びた風趣に身を任せたのでした。

◆22

塩竈神社

月　日

早朝、塩竈《しほがま》の明神に詣《まう》づ。国守再興せられて、宮柱ふとしく、彩椽《さいてん》きらびやかに、石の階《きざはし》九仞《きうじん》に重なり、朝日朱《あけ》の玉垣をかかやかす。かかる道の果て、塵《ぢん》土《ど》の境まで、神霊あらたにましますこそわが国の風俗なれと、いと貴けれ。神前に古き宝灯あり。鉄《かね》の扉の面《おもて》に「文治三年和泉《いづみの》三郎寄進」とあり。五百年来の俤《おもかげ》、今目の前に浮かびて、そぞろに珍し。かれは勇義忠孝の士なり。佳名今に至りて慕はずといふことなし。まことに「人よく道を勤め、義を守るべし。名もまたこれに従ふ」といへり。日すでに午に近し。船を借りて松島に渡る。その間二里余、雄島の磯に着く。

塩がまや色ある月のうすぐもり　宗因

松手入してみちのくの港かな　中村汀女

半夏の雨塩竈夜景母のごと　佐藤鬼房

御神馬も羽目板を蹴《け》り梅雨長し　鍵和田秞子

五月九日、快晴の日の早朝、塩竈神社に参拝します。

塩竈神社は、鎌倉時代初期から東北鎮護・海上安全の陸奥《むつ》国一之宮として、朝廷を始め庶民の信仰を集めてきました。二〇二段の急勾配の石段が続く表参道を登っていくと、華麗な桃山風の楼門、唐門が待ち構え、境内に入ると、別院、右宮、左宮の三本殿、二拝殿の社殿が配置されています。

芭蕉は、出発前の書簡に「弥生《やよひ》に至り、待侘《まちわび》候塩竈の桜、松島の朧月《おぼろづき》」「松島の月の朧なるうち、塩竈の桜ちらぬ間に」と書いていました。松島の月と並んで、見るのを心待ちにしていた「塩竈の桜」は、極めて短い花軸に花が密に群生するのが特徴のサトザクラ系の八重桜のこと。本文には書かれていませんが、芭蕉は青葉となった塩竈桜を見たに違いありません。現在は天然記念物に指定されています。

本文に「神前に古き宝灯あり」と書かれているのは、二拝殿のすぐ脇《わき》にある鉄製の神灯を指します。向かって右に月、左に日を打ち抜いてあり、「文治三年和泉三郎寄進」と記されています（実際には、三十年前の寛文年間に再興されたもの）。和泉三郎忠衡《ただひら》は、藤原秀衡の三男で、父の遺言に従って最後まで義経を守り、最後は兄の泰衡《やすひら》の攻撃を受けて自害した人物。享年二十三歳。芭蕉は「勇義忠孝の士なり」と忠衡を称えています。

神社をあとにした一行は、塩竈の港から舟を使って松島に向かいます。今は、塩竈観光桟橋のマリンゲート塩竈から、松島遊覧の船が出ていますので、利用するとよいでしょう。「千賀ノ浦」と呼ばれたこの松島湾で、芭蕉たちは歌枕の「籬島《まがきがじま》」「都島」などを見ています。

◆ 23

松島

月　日

そもそも、ことふりにたれど、松島は扶桑第一の好風にして、およそ洞庭・西湖を恥ぢず。東南より海を入れて、江の中《うち》三里、浙江《せつかう》の潮《うしほ》を湛《たた》ふ。島々の数を尽くして、欹《そばだ》つものは天を指さし、伏すものは波に匍匐《はらば》ふ。あるは二重に重なり三重に畳みて、左に分かれ右に連なる。負へるあり、抱けるあり。児孫愛すがごとし。松の緑こまやかに、枝葉潮風に吹きたわめて、屈曲おのづから矯《た》めたるがごとし。その気色窅然《えうぜん》として、美人の顔《かんばせ》を粧《よそほ》ふ。ちはやぶる神の昔、大山祇《おほやまづみ》のなせるわざにや。造化の天工、いづれの人か筆をふるひ、詞を尽くさむ。

松嶋は月一本のながめかな　三千風

松島の心に近き袷かな　正岡子規

松島の松に雪ふり牡蠣育つ　山口青邨

松島の八百八島皆朧　鈴鹿野風呂

松島は合歓《ねむ》の花さへ松隠り　鈴木鷹夫

松島や日暮れて松の冷まじき　岸田稚魚

『おくのほそ道』の冒頭にて、「松島の月まづ心にかかりて」と述べているとおり、芭蕉にとって松島は、ぜひとも訪れておきたい場所でした。

この章で目を引くのは、風景描写の特異さです。近現代の文学作品では、遠近法などを用いて、実景を絵画的に写すことをまず念頭に置くのが普通ですが、芭蕉がこの章で行っている風景描写は、一味違います。

松島には、湾内に大小の二六〇あまりの島々が並んでいます。変わった形の島も多く、訪れた者の目を楽しませます。そのような島々の様相を「欹つものは天を指さし、伏すものは波に匍匐ふ」「負へるあり、抱けるあり。児孫愛すがごとし」と大胆な擬人法を使って、躍動感たっぷりに表現しています。

こうした擬人法や対句を多用した文体は、漢文を意識したものです。念願だった松島の景観を眼前にすることができた昂揚感をあらわすのに、ふさわしい文体といえるでしょう。また、漢文の影響がみられるのは、文体に限りません。松島を「洞庭湖」「西湖」になぞらえ、漢詩の世界のイメージを引き寄せています。漢詩の世界観の上に、自らの感動を上書きし、自然と人間が渾然《こんぜん》一体となるような独自の世界観を作り上げたこの章は、現代においても名文としての精彩を失っていません。

なお、芭蕉にとっては思い入れの深い土地であり、景観描写に力を尽くしているのにもかかわらず、この章に芭蕉の句が登場してこないことも、従来論議の対象になってきました。

曾良の旅日記によれば、芭蕉はじつは、松島で次のような句を詠んでいます。

島々や千々に砕きて夏の海　芭蕉

松島湾に浮かぶ島々はそれぞれ、打ち寄せる波を砕き、しぶきをあげています。そのさまは、まるで島々が夏の海をこなごなに砕いているようだ、というのです。「千々に砕きて」とは、さらにいえば、夏の海もまた、波によって陸をこなごなにして島々を作り上げた、という意味も含んでいます。陸と海とが、互いに力をぶつけあい、景観を生み出していくという発想は、実にダイナミックです。

ですが、芭蕉はこの一句を『おくのほそ道』には入れませんでした。その理由については、時間と空間とが交差する文学空間の創出をめざした芭蕉の意図にそぐわなかったため、といわれています。この句には、ダイナミックな情景描写はあります。しかし、歴史的な連想を誘うような奥行きには、欠けていたということでしょう。

◆24

雄島が磯・瑞巌寺

月　日

松島や鶴に身を借れほととぎす　曾良

予は口を閉ぢて眠《ねぶ》らんとしていねられず。旧庵を別るる時、素堂、松島の詩あり。原安適、松が浦島の和歌を贈らる。袋を解きて今宵の友とす。かつ、杉風・濁子《じょくし》が発句あり。

十一日、瑞巌寺《ずいがんじ》に詣《まう》づ。当寺三十二世の昔、真壁の平四郎、出家して入唐《にったう》、帰朝の後開山す。その後に雲居《うんご》禅師の徳化によりて、七堂甍《いらか》改まりて、金壁荘厳光をかかやかし、仏土成就の大伽藍《がらん》とはなれりける。かの見仏聖の寺はいづくにやと慕はる。

松島で死ぬ人もあり冬ごもり　蕪村

春の海に橋をかけたり五太堂　夏目漱石

芭蕉忌やことに雄島の雨の景　安住敦

無月なる杉の梢や瑞巌寺　高野素十

雄島は「奥の高野」とも称される、古来の霊場。本文に「雄島が磯は地続きて」とありますが、実際には渡月橋という橋でつながっており、島の大きさは、東西四〇メートル、南北に二〇〇メートルほど。平安時代の末ごろ、この島に庵《いおり》を結び、十二年間ひたすら法華経を唱え続け、霊力を獲得した見仏上人という人がいました。「月まつしまの聖」とも呼ばれたこの見仏上人によって、松島は霊場として知られるようになったのです。見仏上人の逸話は、西行伝とされた『撰集抄』にも載っています。

島の中には、仏像を刻んだ石窟《せっくつ》や、中世の供養塔であった板碑の数々が点在します。これらは、かつて霊場だったことのあかし。「雲居禅師の別室の跡」は、座禅堂として現存しています。雲居禅師は、京都妙心寺の僧でしたが、江戸時代初期、伊達《だて》忠宗《ただむね》に請われて瑞巌寺に入り、これを中興した人物。芭蕉はほかにも「頼賢《らいけん》の碑」「松吟庵」に立ち寄っています。「頼賢の碑」は、見仏上人の再来といわれた鎌倉時代の禅僧・頼賢の徳行を後世に伝えようと、弟子たちが雄島の南端に建てたもの。「松吟庵」は、見仏上人の結んだ妙覚庵をしのんで建てられた庵です。

芭蕉は、歴史と伝統を負った松島では、その時間と空間の広がりを言い尽くした句が詠めず、曾良の次の句を掲げるにとどめています。

松島や鶴に身を借れほととぎす　曾良

松島に響くほととぎすの声は味わい深いものだが、かなうならば声はそのままで鶴の姿で鳴き過ぎてほしいものだ、そのほうがこの松島の絶景にふさわしい、という句意です。

翌朝訪れた瑞巌寺は、平安初期、慈覚大師創建と伝えられる名刹《めいさつ》です。藩主・伊達政宗が京都から一三〇人の名工を集め、熊野から海路で木材を運んで造営させたという伽藍は、国宝に指定されています。狩野元信の墨絵の襖絵、左甚五郎作とされる御成門の彫刻等、絢爛たる意匠に圧倒されます。

東北地方に現存する最古の桃山建築である「五大堂」や、藩主の納涼や観月に使われたという「観瀾《かんらん》亭」なども、ぜひ訪ねておきたいところです。

◆ 25 石巻

月　　日

十二日、平泉と志し、姉歯の松・緒絶えの橋など聞き伝へて、人跡まれに、雉兎《ちと》芻蕘《すうぜう》の行きかふ道そことも分かず、つひに道踏みたがへて石の巻といふ港に出づ。「こがね花咲く」と詠みて奉りたる金華山、海上に見わたし、数百の廻船入江につどひ、人家地をあらそひて、竈《かまど》の煙立ち続けたり。思ひかけずかかる所にも来たれるかなと、宿借らんとすれど、さらに宿貸す人なし。やうやうまどしき小家に一夜を明かして、明くればまた知らぬ道迷ひ行く。袖の渡り・尾ぶちの牧・真野の萱原《かやはら》などよそ目に見て、遥《はる》かなる堤を行く。心細き長沼に添うて、戸伊摩といふ所に一宿して、平泉に至る。その間二十余里ほどとおぼゆ。

河口のとはのにごりや秋の海　唐笠何蝶

十五夜の浪騒がしき垣根かな　渡邊春陽

瑞巌寺《ずいがん》に詣《もう》でた翌日の五月十日、芭蕉たちは平泉を志して出立します。途中、歌枕である「姉歯の松」と「緒絶えの橋」に立ち寄る心積もりだったのですが、道を間違えてたどり着けないまま、石巻に到着します。

「姉歯の松」は、「栗原の姉歯の松の人ならば都のつとにいざと言はましを」（『伊勢物語』）の歌で知られる名松。現在の栗原市金成町に、植え継がれた松が残っています。「緒絶えの橋」は、三十六歌仙の一人・左京大夫道雅の和歌「みちのくの緒絶えの橋やこれならむ踏みみ踏まずみ心惑はす」（『後拾遺集』恋三）などで有名な、悲恋の伝説を持つ歌枕です。古川市を流れる緒絶川に架かる橋として、現存しています。

金華山、廻船、人家等のパノラマは、旧北上川河口にある小高い山・日和山から眺めたもの。

石巻は北上川の水運を利用した港町として栄え、にぎわっていました。しかし、宿をとろうとしても、貸してくれる人がいません。ようやく貧家に一泊したあとは、ふたたび知らない道を迷いながら歩いていきます。「袖の渡り」「尾ぶちの牧」「真野の萱原」といった歌枕に心寄せながらも見ることがかなわず、平泉までの道のりを、心細く進めていきます。

「袖の渡り」は、石巻北部、現在の宮城県石巻市北上町橋浦にあったという渡し場。北上川を渡る際に、義経が袖を切って船頭に与えて船を出してもらったことから、袖の渡りの名がついたといわれます。旧北上川沿いに作られた住吉公園内に「袖の渡り」の石碑があります。近くの川の中には石巻の地名の由来となった巻石を見ることができます。「尾ぶちの牧」は、馬の牧場が歌枕になったもの。石巻南部、牧山の山麓にあったとされています。「真野の萱原」は、牧山の東北方にあった、萱や葦の古くからの育成地。現在の石巻市真野字萱原にあたり、当地の長谷寺には「真野萱原伝説地」の標柱が建っています。

「戸伊摩といふ所に一宿して」とある戸伊摩は、仙台藩伊達一門登米伊達氏二万一千石の城下町。登米大橋手前の堤に「芭蕉翁一宿之地」の碑が建っています。碑の揮毫者は河東碧梧桐。

なお、石巻で宿を貸してくれる人が無かったというのは、芭蕉の創作です。歌枕の各所を訪ねられなかったというのも、漂泊感をきわだたせる狙いがあったと考えられます。

◆26 平泉

月　日

三代の栄耀《えいよう》一睡の中《うち》にして、大門の跡は一里こなたにあり。秀衡《ひでひら》が跡は田野になりて、金鶏山のみ形を残す。まづ高館《たかだち》に登れば、北上川、南部より流るる大河なり。衣川は和泉《いづみ》が城を巡りて、高館の下にて大河に落ち入る。泰衡《やすひら》らが旧跡は、衣が関を隔てて南部口をさし固め、夷《えぞ》を防ぐと見えたり。

「国破れて山河あり、城春にして草青みたり」と、笠《かさ》うち敷きて、時の移るまで涙を落としはべりぬ。

夏草や兵《つはもの》どもが夢の跡

卯《う》の花に兼房《かねふさ》見ゆる白毛《しらが》かな　曾良

五月雨の降り残してや光堂

光堂より一筋の雪解水《ゆきげみず》　有馬朗人
一隅を照らす連翹《れんぎょう》中尊寺　森田公司
高館の義経堂の巣鳥かな　皆川盤水
稲雀《いなすずめ》鬨《とき》をつくりて高館へ　宮下翠舟
晩秋の菖蒲手入れや毛越寺《もうつうじ》　瀧　春一
涼しさや礎石ばかりの毛越寺　遠藤若狭男
花桐や川の中まで古戦場　加藤憲曠
束稲山は雲の須弥壇なつうぐひす　中原道夫

中央権力を追われた敗残者として、芭蕉が深い共感を寄せていた源義経の終焉《しゅうえん》の地であり、「おくのほそ道」のピークとして位置づけられている章です。なんといってもこの章で注目すべきなのは、高館から望んだ風景描写です。まるで鳥の目を通して見たような俯瞰《ふかん》的視座からの描写は、近世の文章にはほかにほとんど例を見ません。漢文調を生かした雄渾な調べとともに、味わってほしい箇所です。「国破れて山河あり、城春にして草青みたり」とは、杜甫《とほ》の「春望」を踏まえたもの。杜甫の詩は、変わらない自然と、変わってしまった人間とを対比させているのですが、ここで芭蕉はそのような明確な対比はとっていません。そのことは、直後に掲げられた、

夏草や兵どもが夢の跡　　芭蕉

の句が証しています。「兵」とは、源義経一党や、藤原三代も含め、平泉の地に散っていった武将たちのことを示しています。「夏草」には、彼ら武将たちのおもかげも重ねられ、自然も人間も等しく無常から逃れることのできない「夢」のような存在であることを一句は語っています。

卯の花に兼房みゆる白毛かな　　曾良

の「兼房」は、老兵ながらも白髪を振り乱して戦った義経の忠臣のことで、卯の花の白い花からの連想です。「兼房」とは、十郎権頭《ごんのかみ》のこと、すなわち義経の北の方、大納言平時忠の娘の乳人であるとされています。

高館の義経堂を離れ、次に芭蕉たちは、藤原三代の遺骸がおさめられている中尊寺金色堂に向かいます。藤原氏滅亡後しばらくは放置されていたのですが、当地における藤原氏の存在感を重く見た鎌倉北条氏によって、覆堂《おおいどう》が建てられました。

五月雨の降り残してや光堂　　芭蕉

の「降り残してや」は、時間と空間の両面から把握された表現です。すなわち、あたりのものがみな五月雨にけぶっているのに、光堂だけが没さずに浮かび上がっているという、空間的な把握に加え、時間的な把握もなされているのです。まるで永遠のような輝きを誇っている光堂の神秘性がこの句の命です。

なお、平泉では藤原秀衡建立の毛越寺も知られています。芭蕉一行はなぜかここには足を運んでいないのですが、浄土思想を具現化した庭園は一見の価値があります。

◆27

尿前の関

月　日

この道旅人まれなる所なれば、関守に怪しめられて、やうやうとして関を越す。大山を登つて日すでに暮れければ、封人《ほうじん》の家を見かけて宿りを求む。三日風雨荒れて、よしなき山中に逗留す。

蚤《のみ》虱《しらみ》馬の尿《ばり》する枕もと

尿前のしぐれて虹を立てにけり　阿波野青畝

尿前の関ひぐらしの湧くところ　高野ムツオ

胸つきの尿前越や夏ひばり　佐藤鬼房

尿前の関の鋭き草じらみ　鷹羽狩行

五月十四日、芭蕉一行は二泊した一関の宿から、尾花沢を目指して岩出山方面へ旅立ちます。難所が多いとされる中新田・小野田経由の道を避け、急遽《きゆうきよ》鳴子経由の道に変更した芭蕉は、翌日、出羽街道沿いの歌枕「小黒崎」と「美豆《みず》の小島」を見物します。「小黒崎」は、山全体を彩る紅葉のさまが美しいとされる景勝地。金が採れる鉱山でもありました。「美豆の小島」は、江合川の流れの中に佇《たたず》む小島。曾良が書き留めている三本の松の姿は、今も変わらず見ることができます。

鳴子温泉にも立ち寄りますが、みちのく随一の名湯を楽しむこともなく歩を進め、尿前の関から出羽越えを目指します。当初の予定とコースを変えた芭蕉たちは、通行手形を持っていなかったために取調べを受けますが、なんとか放免され、ぶじ出羽街道の中山越えをして、その日は堺田《さかいだ》の庄屋・有路の家に泊めてもらいます（本文に言う「封人の家」）。有路の家は、新庄・伊達領の境を守る番人の役を負っていました。風雨のため、芭蕉たちはこの家で三日宿泊することになります（事実は二日）。

みちのくの農家では、母屋に馬を飼う習俗がありました。それに興じた芭蕉は、次の句を詠みます。

蚤　虱　馬　の　尿　す　る　枕　も　と　　芭蕉

今夜の宿りの侘しさといったら、蚤や虱が出てくるばかりか、枕元に馬が尿をする音が聞こえてくるほどだ、という句意です。侘しい農家に寝泊まりしている自身を客観視して、打ち興じているのです。次々に旅の困難に見舞われる、緊迫感のある一章です。

◆28

山刀伐峠

月　日

今日こそ必ず危ふきめにもあふべき日なれと、辛《から》き思ひをなして後に付いて行く。あるじの言ふにたがはず、高山森々として一鳥声聞かず、木の下闇茂《やみしげ》り合ひて夜行くがごとし。雲端につちふる心地して、篠《しの》の中踏み分け踏み分け、水を渡り、岩に蹶《つまづ》いて、肌に冷たき汗を流して、最上《もがみ》の庄に出づ。かの案内せし男の言ふやう、「この道必ず不用のことあり。恙《つつが》なう送りまゐらせて、仕合はせしたり」と、喜びて別れぬ。後に聞きてさへ、胸とどろくのみなり。

木の芽出《いで》て山刀伐峠《なたぎり》ざわざわす　齊藤美規　芭蕉いまも山刀伐のぼる初時雨　平井照敏

腰に吊る山刀伐越えの栗の飯　山田春生　山刀伐峠の太き幹より梅雨の蝶　藺草慶子

強い雨風のために、庄屋・有路の家に二泊した一行は、快晴になった五月十七日、堺田を出発。出羽国をめざして、山刀伐峠を越えていきます。

山刀伐峠は、奥羽山脈を越える峠道の中でも随一の難所で、修験者の道としても知られていました。ブナの鬱蒼とした原生林でいつも小暗く、山賊や追いはぎが出るほど。芭蕉たちは宿の主人から助言を受け、屈強な若者を雇ってこの峠を越えていきます。その腰にさした、いざというときのための刀が、芭蕉たちの緊張感をいっそう高めます。

現在の山刀伐峠は整備され、散策路として多くの観光客に親しまれています。山形県北東部の、最上町が登り口となっています。ちなみに、最上町は赤倉温泉で知られていますが、芭蕉が通った頃は、まだ温泉地としては機能していなかったようです。

深い山中をはらはらしながら進む本章の描写は、真に迫るものがあります。それだけに、なんとか無事に峠を越えきり、尾花沢に辿りついたときの芭蕉たちの喜びは、この上ないものだったでしょう。

◆29

尾花沢

月　日

尾花沢《をばねざは》にて清風といふ者を尋ぬ。かれは富める者なれども、志卑しからず。都にもをりをり通ひて、さすがに旅の情けをも知りたれば、日ごろとどめて、長途のいたはり、さまざまにもてなしはべる。

涼しさをわが宿にしてねまるなり

這ひ出でよ飼屋が下の蟾《ひき》の声

眉《まゆ》掃《は》きを俤《おもかげ》にして紅《べ》粉《に》の花

蚕《こ》飼《が》ひする人は古代の姿かな　曾良

舟着のあとや桐咲く大石田　水原秋桜子

紅花の種売りをらぬ尾花沢　飴山實

大変な道中を終えて尾花沢にたどり着いた芭蕉は、出羽の豪商・鈴木清風と再会します。芭蕉と清風は、江戸で俳諧を通じて交流があり、旧知の仲でした。清風は紅花で財を成した商人でしたが、世をむさぼることのないその人柄を、芭蕉は「志卑しからず」と讃えます。「都にもをりをり通ひて」とあるように、しばしば商用で京を訪れていたらしく、旅の苦労を知る清風は、芭蕉をあたたかくもてなします。「日ごろとどめて」の意味は、数日間とどまったということですが、実際は五月十七日から二十七日までの十日間を当地に滞在します。このころにはちょうど紅花の摘み取りがはじまるころで、清風の家はあわただしく、三泊したあとの残りの七泊は、近くの養泉寺に身を寄せています。

涼しさをわが宿にしてねまるなり　芭蕉

この句は、清風ら地元の俳人と巻いた歌仙の発句になっています。「ねまる」は中世の古語ですが、近世には方言として尾花沢地方に残っていました。この句においては、「くつろいで休む」といった意味にとっておくのが適当でしょう。「涼しさ」は、体感としての涼しさをいうばかりではなく、清風という人物の清廉な人柄を讃える意味も重ねられています。すがすがしい人柄の方のおかげで、この涼しさを、まるで我が家にいるかのように味わいながら、くつろいでいます、といった意味です。養泉寺はこの前年に修復を終えたばかりで、また高台に位置していることから、実際に涼風をよく通していたのでしょう。

這ひ出でよ飼屋が下の蟾の声　芭蕉

「飼屋」は養蚕小屋のこと。隠れている蟾に向かって、這い出てきてその姿をみせてみよ、と呼びかけた句で、たわむれの心が強く出た句です。「蟾」を登場させることで、東北の養蚕の素朴さが強調されています。

眉掃きを俤にして紅粉の花　芭蕉

「眉掃き」とは、おしろいをつけたあとに、眉を刷く化粧道具のこと。その形と似ている、ということによって、「紅の花」の艶美さを見出した一句です。続く曾良の一句、

蚕飼ひする人は古代の姿かな　曾良

は、養蚕の労働にいそしむ人たちは、大昔から変わらないだろうと思わせるような、なんとも素朴な身なりをしている、という句意です。この地方の養蚕には、フグミと呼ばれるモンペのような服装が用いられていました。「眉掃き」の句の流れを受けて、ここでの「人」には、女性の面影があります。もっとも、ここには「眉掃き」の句のような艶《つや》っぽさはありません。時間の中を旅していく芭蕉の旅が、再び始まっていくことを暗示しているようです。

◆ 30
立石寺

月　日

山形領に立石寺《りふしやくじ》といふ山寺あり。慈覚大師の開基にして、殊に清閑の地なり。一見すべきよし、人々の勧むるによりて、尾花沢よりとつて返し、その間七里ばかりなり。日いまだ暮れず。麓《ふもと》の坊に宿借り置きて、山上の堂に登る。岩に巌《いはほ》を重ねて山とし、松栢年旧り《しようはくとしふり》、土石老いて苔滑らかに、岩上の院々扉を閉ぢて物の音聞こえず。岸を巡り、岩を這《は》ひて、仏閣を拝し、佳景寂寞《じやくまく》として心澄みゆくのみおぼゆ。

閑《しづ》かさや岩にしみ入る蟬の声

夏山のトンネル出れば立石寺　高浜虚子
かの岩をきはめし花の立石寺　阿波野青畝
水菊の花や慈覚の露の降る　河東碧梧桐
垂直の崖《がけ》の上にて松の芯　鷹羽狩行
山寺の天の高きを来て仰ぐ　深見けん二
蟬塚といふ浅春の石一つ　細川加賀

尾花沢《おばねざわ》をあとにした芭蕉は、土地の人々の勧めによって、予定のコースを変えました。秋田道を山形方面へ引き返す形で、宝珠山立石寺（現在は「りっしゃくじ」という）に向かったのです。そこに広がっていたのは、世俗とは一線を画した、閑寂の世界でした。

宝珠山立石寺は、通称「山寺」と呼ばれています。天台宗に属し、貞観二年、慈覚大師（最澄の弟子、円仁）によって開かれました。死者の帰る山とされ、庶民信仰の対象となってきた霊山です。むきだしになった岩肌に、はりつくようにしていくつも堂が建っているさまは、山水画さながらの景観です。

登山口から石段をのぼっていくと、立石寺の本堂である根本中堂に着きます。その左脇には嘉永六年に建てられた芭蕉の句碑があり、次の一句が刻まれています。『おくのほそ道』の絶唱として知られている句です。

閑かさや岩にしみ入る蟬の声　　芭蕉

王籍（中国南北朝時代の梁の詩人。引用した詩句は五言詩「入若耶渓」に出てくる）の有名な詩句に「蟬噪《さわ》ギテ林愈《いよいよ》静カナリ、鳥鳴キテ山更ニ幽ナリ」とあります。完全な静寂よりもむしろ、かすかな音が聞こえてくることによって、あたりの静寂はより深まるものです。芭蕉の蟬の句には、この詩句の影響がみとめられます。細くかすかな蟬の声が聞こえてくることで、あたりの静かさが、いっそう深まったように感じたのです。

「閑かさ」は、この章段の主題といえます。文章の中にも「清閑の地なり」「佳景寂寞として心澄みゆくのみおぼゆ」とあり、句の中の「閑かさ」と、響き合っています。「閑かさ」とは、単なる無音というわけではありません。無我の境地というべき心のありようも示しています。岩にしみ入っていく蟬の声とは、澄みわたった心が、自然の中に溶け込んでゆくさまを暗示しているといえるでしょう。

◆31

最上川

月　日

最上川《もがみがは》は陸奥《みちのく》より出でて、山形を水上とす。碁点・隼《はやぶさ》などいふ恐ろしき難所あり。板敷山の北を流れて、果ては酒田の海に入る。左右山覆ひ、茂みの中に船を下す。これに稲積みたるをや、稲船といふならし。白糸の滝は青葉の隙々《ひまひま》に落ちて、仙人堂、岸に臨みて立つ。水みなぎつて舟危ふし。

五月雨をあつめて早し最上川

吹降りにさからふ飛燕《ひえん》最上川　阿波野青畝

最上川吹雪の底を流れけり　宇都木水晶花

合歓の花流るるかぎり最上川　加藤楸邨

夏山の襟を正して最上川　高浜虚子

最上川しまき昏れゆく音を断つ　文挟夫佐恵

寒明けの雨横降りに最上川　林　徹

立石寺の巡礼を終えた一行は、予定のコースに戻ります。到着した先は、最上川の船町として栄える大石田。そこで芭蕉は、土地の連衆と歌仙を巻きます。はじめて会う人たちと交流が生まれることは、旅の醍醐《だいご》味《み》の一つといえるでしょう。芭蕉も、この地で俳諧を通じた仲間たちができ、新しい座が形成されようとしていることに、大きな満足感を覚えたようです。

大石田をあとにした芭蕉は、馬で舟形まで送られ、新庄の本合海《もとあいかい》から川舟に乗りこみます。ここからは、いよいよ舟旅。途中、船番所のあった古口で舟を乗り換え、最上川を下っていきます。

最上川は、現在の山形県中央部を北に流れ、酒田の海に入る川です。『奥州一の早川也』（『日本賀濃子』）と伝えられ、歌枕のひとつとして広く知られていました。短い文をテンポよく連ねた文体にはスピード感があり、折からの五月雨によって増水した最上川の速さを、よく伝えています。その最後に登場するのが、『おくのほそ道』の中でも随一の名句です。

五月雨をあつめて早し最上川　　芭蕉

この句はもともと、大石田で巻いた歌仙の発句であり、「五月雨をあつめて涼し最上川」という句形でした。「あつめて涼し」の初案は、家に招いてくれた大石田の俳人・一栄への挨拶という性格が強くあります。「あつめて早し」の成案は、「水みなぎつて、舟危ふし」という実際の体験に基づき、改作したものです。最上川が「早川」であるという伝統的な詠み方を踏まえながら、梅雨時の最上川の実際に迫った、鮮やかな表現といえます。長い期間、そして広大な範囲にわたって降った五月雨が、まるでひとつに集まったかのような最上川の勢いと水量が、あますところなく言いとめられています。

関所のある清川に上陸した芭蕉一行は、一路羽黒山へと向かいます。

◆32

羽黒山

月　日

六月三日、羽黒山に登る。図司《づし》左吉といふ者を尋ねて、別当代会覚《ゑがく》阿闍梨《あじやり》に謁す。南谷の別院に宿して、憐愍《れんみん》の情こまやかにあるじせらる。
四日、本坊において俳諧興行。

ありがたや雪をかをらす南谷

月山・湯殿を合はせて三山とす。当寺、武江東叡《とうえい》に属して、天台止観の月明らかに、円頓《ゑんどん》融通《ゆづう》の法《のり》の灯かかげそひて、僧坊棟を並べ、修験行法を励まし、霊山霊地の験効、人貴びかつ恐る。繁栄長《とこしなへ》にして、めでたき御山と謂《い》つつべし。

峯入や出羽の羽黒も桜咲く　松瀬青々

石段の一つ一つの青葉冷　中村汀女

夏草や足跡重ねゆく羽黒　稲畑汀子

木下闇登りつめたる南谷　滝沢伊代次

最上川《もがみがわ》を下っていった芭蕉一行は清川で舟を降り、羽黒山へ向かいます。

羽黒山は、古代以来の山伏修験道の霊場。羽黒山、月山、湯殿山の三山を総称して、出羽三山と呼び、東北随一の山岳信仰の聖地でした。本文で芭蕉が縁起について語っているとおり、崇峻《すしゅん》天皇の第三皇子である蜂子皇子《はちこのみこ》が開山したと伝えられています。皇子は、蘇我氏の難を避け、海路を経て出羽の国に入ったとのこと。土地の人たちの面倒をよく見て、悩みや苦しみに耳をかたむけたことから、「能除大師《のうじょだいし》」と呼ばれました。

六月三日、芭蕉たちは、羽黒山門前の手向《とうげ》集落に入ります。かつては三〇〇を超える宿坊が軒を連ねていたといわれ、現在も数十の宿坊が残っています。ここに、山伏の法衣を染める染屋をなりわいとしていた俳人・図司呂丸《ろがん》が住んでいました。当地の俳人の宗匠的な位置にあった呂丸の案内で、芭蕉たちは羽黒山中腹の南谷別院に向かいます。一の坂、二の坂と続く石段を登っていくうちに、すっかり日は落ちてしまいました。三の坂から分岐した道をゆくと、南谷です。ここに、高陽院紫苑寺がありました。現在は、一部の礎石を残すのみとなっていますが、周囲の杉木立のたたずまいは、芭蕉がここで詠んだ次の句を偲ばせます。

涼しさやほの三日月の羽黒山　　芭蕉

なんと涼しいことだろう、杉の梢の向こうにほのかに三日月が輝く、このありがたい羽黒山は　という句意です。

翌日四日、本坊若王寺別当執事代和合院、本文にいうところの「会覚阿闍梨」に面会し、そば切りのもてなしを受けました（本文では三日のできごと）。会覚も交えて歌仙を巻くことになり、芭蕉の次の句を発句とします。

ありがたや雪をかをらす南谷　　芭蕉

遠く望む月山から、雪のにおいをかおらせて、まことにさわやかな南風が吹いてくる。これも、霊場羽黒山だからこその涼味だろう、という句意です。

五日には、古来のしきたりに則って、昼まで断食をして身を清め、行者の白装束姿で、羽黒三山神社に参詣します。

月山、湯殿山は、冬は豪雪のため参拝が困難になります。そこで、羽黒山の山頂に、三山の祭神を合祀した本社が建てられています。厚い茅葺《かやぶき》屋根の三神合祭殿は、一見の価値があります。

◆ 33

月山・湯殿山

月　日

岩に腰掛けてしばし休らふほど、三尺ばかりなる桜のつぼみ半ば開けるあり。降り積む雪の下に埋もれて、春を忘れぬ遅桜の花の心わりなし。炎天の梅花ここにかをるがごとし。行尊僧正の歌のあはれもここに思ひ出でて、なほまさりておぼゆ。総じてこの山中の微細《みさい》、行者の法式として他言することを禁ず。よつて筆をとどめて記さず。

坊に帰れば、阿闍梨《あじゃり》の求めによりて、三山巡礼の句々、短冊に書く。

涼しさやほの三日月の羽黒山

雲の峰いくつ崩れて月の山

語られぬ湯殿にぬらす袂《たもと》かな

湯殿山銭踏む道の泪かな　曾良

日照雨《そばえ》つつまた月山に雲の峰　岡田日郎

月山の山ひた深き春彼岸　有馬朗人

柏手を打てば霧荒れ湯殿山　青柳志解樹

冴えざえと月山の浮く杜氏《とうじ》部屋　橋本榮治

月山へ夜雲の通ふ青胡桃　小島　健

雪解《ゆきげ》水《みず》うやまひて飲む湯殿山　中山純子

古来のしきたりに則って、身を清め行者の白装束を身につけた芭蕉たちは、六月六日（本文では八日）、月山詣でをします。月山は出羽三山の主峰で、標高は一九八四メートル。東側のゆるい斜面、海抜一四〇〇メートル付近に、弥陀ヶ原湿原が広がっており、クロユリやニッコウキスゲなど、多様な高山植物を見ることができます。この高原に月山中之宮である御田原神社があります。

山頂に建つ月山神社本宮は、天照大神の弟、月読命を祀《まつ》った、由緒ある神社。「月読命」は夜、海、魂や死後の世界を司り、月に象徴される神でした。羽黒山、月山、湯殿山は、それぞれ現世・過去世・未来世を示しているといわれ、月山は、いったん現世の身を滅ぼすところ。行者の白装束は、死に装束であったのです。芭蕉は月山の山頂で、次のような句を詠んでいます。

雲の峰いくつ崩れて月の山　芭蕉

日中、この月山の山肌に、雲の峰はいくたび湧いては崩れたことだろうか。日が落ちた今は、清浄な月光がさしこみ、その名のとおり月の山となって輝いている、という句意です。

月山神社本宮に参詣したその夜は、山頂近くの角兵衛小屋という行者の宿泊所で一泊。翌日の七日は、湯殿山に向かいます。

月山の山頂から三〇〇メートルほど下ったところに、鍛冶小屋と呼ばれている、行者小屋がありました（現在はもっと上のほうにある）。ここにある鍛冶屋が、霊水をたのんで剣を打ったという言い伝えがあります。見事に名刀を作って「月山」と銘打ち、世にもてはやされたとのこと。ここで岩に腰を下ろし休んでいたところ、低い桜の木のつぼみが開きかけているのを見つけます。芭蕉は「春を忘れぬ遅桜」と称しているこの花は、高山植物のタカネザクラだと考えられます。

湯殿山の山肌は、温泉に含まれている酸化鉄によって岩肌は赤褐色に染まり、その神秘感によって、「語るなかれ」「聞くなかれ」と戒められた場所でした。霊山の詳細を書く代わりに、「遅桜」というささやかな発見を記しているのは、そういう理由もあったのです。『おくのほそ道』では珍しい自然の描写で、注目されます。

湯殿山は、月山南西山腹に連なる、なだらかな稜線の山。ここに、五穀豊穣・家内安全の守り神として崇敬される、湯殿山神社がありました。湯殿山神社のご神体は、巨岩から湧き出る温泉。この温泉に浸かると、羽黒山・月山で修行した行者が、産湯をくぐったように新しく生まれ変わるとされています。白装束は、死装束であると同時に、産着でもあるのです。

芭蕉と曾良は、湯殿山神社で、それぞれ次のような句を詠んでいます。

語られぬ湯殿にぬらす袂かな　芭蕉

一切を語ることが許されない神秘の湯殿山の尊厳さに、涙がこぼれるばかりだ、という句意です。

湯殿山銭踏む道の涙かな　曾良

湯殿山では、地に落ちたものは拾ってはいけないことになっています。そのために、修験者の投げ入れた金銀や銭は地の上で拾われることなく、人々がその上を歩いている。そんな、世俗的価値から離れた風景に触れ、霊山のありがたさに涙する、という句意です。

参拝を終え、月山に戻る途中で、南谷の僧の「坂迎《さかむかえ》」を受けます。「坂迎」とは、この世に戻ってきたということ。三山巡礼を終えた芭蕉は、現世に戻っていくわけですが、生と死に深く思いを致すことで、後の「不易流行」の思想につながるきっかけを、ここで得たといってよいでしょう。

34 酒田

羽黒を立ちて、鶴が岡の城下、長山氏重行といふ武士《もののふ》の家に迎へられて、俳諧一巻あり。左吉もともに送りぬ。川舟に乗つて酒田の港に下る。淵庵《ゑんあん》不玉といふ医師《くすし》の許を宿とす。

あつみ山や吹浦かけて夕涼み

暑き日を海に入れたり最上川

月　日

砂丘白肌見せて薄暑の酒田港　大野林火

酒田港春の暮靄《ぼあい》に舟つくる　森　澄雄

盆の月満ちて酒田の宿りかな　稲畑汀子

鈴虫のまだいとけなき酒田かな　岸本尚毅

六月十日、芭蕉たちは羽黒山を発ち、鶴が岡の城下街に至ります。鶴が岡は、庄内藩酒井左衛門尉《じょう》忠直氏の統治する十四万石の城下町。現在の山形県鶴岡市にあたり、庄内平野に囲まれた米どころでした。芭蕉たちは庄内藩士の長山重行という武士の家に迎えられます。長山重行跡は、大昌寺脇の長山小路にあり、次の句の碑があります。長山邸で巻いた歌仙の発句です。

珍らしや山をいで羽の初茄子《なすび》　芭蕉

七日間、出羽三山の巡礼をしてきた目に、初茄子の紺色が、まことに鮮やかに映る、といった句意です。国の名の「出羽」に、「出端」（出ぎわ）が掛けられています。この初茄子は、地元の「民田茄子《なす》」を浅漬けにしたものだといわれています。長山邸で、馳走に出されたものでしょう。

長山重行邸の近く、内川乗船地から、芭蕉は川舟に乗って酒田へ向かいます。約半日の舟旅を経て、最上川が日本海に注ぐ酒田の港に到着。「西の堺、東の酒田」といわれ、酒田は東北随一の港町として栄えていました。西鶴の『日本永代蔵』にも繁栄振りを描かれた廻船問屋の鐙屋《あぶみや》は、特に有名です。ここで芭蕉は、当地の医師で俳人だった不玉と、俳諧興行を催します。

次の象潟《きさがた》の章の盛り上がりに向けて、酒田の記述は短いのですが、掲げられた句の力強さがそれを補っています。次の句は、名高い歌枕、最上川河口の左岸の「袖の浦」から見渡した景色を詠んだものです。

あつみ山や吹浦かけて夕涼み　芭蕉

南のはるかに温海山《あつみ》、北の遠くに吹浦の浜を控えた、この袖の浦の大景を前にして、豪快に夕涼みすることだ、という句意です。いかにも暑そうな「温海山」、そしてその暑さを吹き払ってくれそうな「吹浦」の字面が、うまく生かされています。

暑き日を海に入れたり最上川　芭蕉

まっ赤な夕日、そして今日の暑い一日を、雄大な最上川の流れがともに海へ押し流している、という句意です。

◆35

象潟

月　日

この寺の方丈に座して簾《すだれ》を捲けば、風景一眼の中に尽きて、南に鳥海、天をささへ、その影映りて江にあり。西はむやむやの関、道を限り、東に堤を築きて、秋田に通ふ道遥かに、海北にかまへて、波うち入るる所を汐越《しほごし》といふ。江の縦横一里ばかり、俤《おもかげ》松島に通ひて、また異なり。松島は笑ふがごとく、象潟《きさがた》は憾《うら》むがごとし。寂しさに悲しみを加へて、地勢魂を悩ますに似たり。

象潟や雨に西施がねぶの花

汐越や鶴脛《はぎ》ぬれて海涼し

象潟や折しも合歓《ねむ》の花の頃　巖谷小波

象潟はうもれて蟬の声暑し　石井露月

象潟やさま変りたる田植唄　山口青邨

象潟や紅絹《もみ》着せ真菰馬流す　岡井省二

六月十五日、吹浦に到着。雨にけぶる海岸を、二人は象潟（現在は「きさかた」）めざして歩いていきます。十六日、女鹿《めが》を過ぎ、三崎峠の道を通っていきます。現在、街道は一部しか残っていませんが、タブノキの生い茂る深い森は、人や馬の行き来によって磨り減った「鏡石」がそこかしこにあり、往時を思い起こさせます。慈覚大師の大師堂や、眺めの良い福田の泉なども、立ち寄ると良いでしょう。小砂川、関と進むうちに、強い雨が降り出し、船小屋に雨宿りをします。「蜑《あま》の苫屋《とまや》に膝を入れて、雨の晴るるを待つ」とは、そのことを文学的に言い表した一節です。

その日の昼過ぎ、汐越村に到着。能登屋という宿屋の主人、佐々木孫左衛門を訪ねます。夕方には、象潟橋まで行って、象潟の雨の夕景を楽しみました。象潟橋は、現在の欄干橋で、象潟を見渡せる眺めの良い場所です。

明くる十七日、昼から雨はやんで、日が照ります。この日、芭蕉たちは干満珠寺（現在の蚶満寺《かんまんじ》）に赴きます。仁寿三年、慈覚大師によって再興されたこの寺には、芭蕉が記しているように、神功皇后の伝説がありました。それによれば、神功皇后は、三韓征伐の帰路、大時化《しけ》に遭って象潟沖合に漂着し、当地で皇子を産んだとのこと。また、干満珠寺の境内には、西行作とされる次の和歌にちなみ、「西行桜」と呼ばれている桜があります。

象潟の桜は波に埋もれて花の上こぐあまの釣り舟　西行（継尾集）

干満珠寺の座敷から、簾を巻き上げた象潟の眺めを、芭蕉は昂揚感に満ちた文章で書いています。穏やかな潟に九十九島が浮かび、はるかに鳥海山を据えた美景を誇る象潟は、松島と並ぶ景勝地とされました。芭蕉は、「松島は笑ふがごとく、象潟は憾むがごとし」と、その違いを見事に言い取っています。

たとえるならば、松島は笑いさざめく美女、象潟は憂いに沈む美女、というわけです。

その日、象潟橋に程近い熊野神社で、地元の祭りがひらかれていました。芭蕉たちはこれを見物、夕食後に、象潟橋のたもとから、潟めぐりの舟に乗りました。本文に書かれている「能因島」には、このときに寄ったと思われます。

能因島は、能因法師が三年間、侘び住まいをしていたと伝えられる潟中の島。次の和歌に因んで、その名で呼ばれました。

世の中はかくても経けり象潟のあまのとま屋をわが宿にして　能因法師（後拾遺集・羈旅）

能因の三年幽居は、事実かどうかは疑わしいとされます。ですが、敬愛してやまない西行と能因ゆかりの歌枕・象潟に足跡を刻んだこと、そして何より、象潟のすばらしい景観が、芭蕉にとっては強い感動を与えたのでしょう。松島、平泉と並んで、本章は『おくのほそ道』のピークとされています。句も力作ぞろいです。

象潟や雨に西施がねぶの花　芭蕉

どこか物思いに沈む風情の、雨の象潟。そこで目にした淡い紅色の合歓の花が、悩ましげにうつむく美女・西施を髣髴《ほうふつ》とさせる、という句意です。西施は、中国周代、越の国の伝説的な美女。病弱であり、胸を押さえて眉をひそめるさまは、殊に美しいとされ、そのイメージは掲句の中にも息づいています。

汐越や鶴脛ぬれて海涼し　芭蕉

汐越は、その名のとおり、入り江に汐が越してくるところ。その浅瀬に降り立った鶴の足を、波が濡らし、あたりの海もいかにも涼しげだ、という句意です。

祭礼

象潟や料理何食ふ神祭り　曾良

祭りの真っ最中の象潟。ここは蚶貝《きさがい》（赤貝の古名）の産地として聞こえているが、さてこの祭りでは、いったい何を馳走にしているのだろうか、という句意です。

蜑の家や戸板を敷きて夕涼み　低耳（美濃の国の商人）

海岸の漁夫の家で、海辺に戸板を敷いて夕涼みしている。そんな、質朴な暮らしぶりがなんとも好ましい、という句意です。

岩上に雎鳩《みさご》の巣を見る

波越えぬ契りありてや雎鳩の巣　曾良

みさごという鳥は、雌雄のちぎりが固いといわれている。昔の歌人が、末の松山を波が越えない間は、男女の間柄が続くと誓ったように、みさごたちも波も越えないという約束をして、あんな堅固な岩に巣を作っているのだろうか、という句意です。

このように、芭蕉に感動を与えた象潟は、百十五年後、文化元年に起きた大地震によって、二メートル以上も地面が隆起し、潟は消滅。象潟の風景は大きく変わってしまいました。とはいえ、田植え時、水が張られた一面の田に島々が影を落とす景色は、かつての象潟を髣髴《ほうふつ》とさせます。

象潟は、『おくのほそ道』の最北の地。芭蕉たちは象潟逍遥の後、再び酒田へ戻っていきます。

◆36 越後路

月　　日

酒田のなごり日を重ねて、北陸道《ほくろくだう》の雲に望む。遥々《えうえう》の思ひ胸をいたましめて、加賀の府まで百三十里と聞く。鼠《ねず》の関を越ゆれば、越後の地に歩行《あゆみ》を改めて、越中の国市振の関に至る。この間九日、暑湿の労に神《しん》を悩まし、病おこりて事を記さず。

文月や六日も常の夜には似ず

荒海や佐渡に横たふ天の河

雪なだれ越後の国を崩すかな　鈴木花蓑

越に入る雲と斑雪と分ちなし　向笠和子

山々を沈めて田水張る越後　桂　信子

天の川柱のごとく見て眠る　澤木欣一

六月二十五日、旅立つ芭蕉を見送りに、酒田の人々が、船橋まで来てくれました。これから、越後路を通り、市振をめざす旅がはじまります。

越後路に入るには、まず鼠の関を越えなくてはなりません。鼠の関（念珠《ねず》が関とも）は、白河関・勿来《なこそ》関とともに、奥羽三関の一つに数えられています。古関址《し》が、現在のＪＲ鼠ヶ関駅の南側にありますが、これは移転後のもので、江戸時代の関所は国道七号線沿いにあります。ここを越えてしばらく行くと、越後路です。本文では、「この間九日、暑湿の労に神を悩まし、病おこりて事を記さず」とありますが、芭蕉が病を得た事実はなく、冗漫になることを避けて、大幅に旅の記録を省略したと考えられます。北中、村上、築地、新潟、弥彦を過ぎ、出雲崎に至るまで、まるで巡礼をするかのように、いくつもの神社仏閣を訪ねています。

村上の三面川の河口、多岐神社は、義経ゆかりの神社。瀬波温泉のほど近くにあり、そこを通っている芭蕉たちも、ここに立ち寄ったかもしれません。奥州へ落ち延びる義経が、この宮に立ち寄ったとされており、弁慶が日本海の眺めの素晴らしさに感嘆し、社の扉に「観潮閣」と大書したといういわれがあります。

また、七月一日、村上を発つ際に参詣した浄念寺は、ぜひ立ち寄りたいところ。三体の大きな仏像を湿気から守るため、地方では珍しい土蔵造りの本堂が建てられました。内部の吹き抜けや正面唐破風《からはふ》の彫刻など見所の多い建物です。同日に詣でた乙宝寺には、『今昔物語』や『古今著聞集』にも寺名が出る古刹《こさつ》で、重要文化財の三重塔があります。

七月四日、弥彦を立って、西正寺に参詣。行基を開祖とする古刹で、弘智法印の即身仏が安置されています。この日、出雲崎に到着。そこでの着想が、次の二句に結実します。

文月や六日も常の夜には似ず　芭蕉

文月の七日には、織姫と彦星の逢瀬がある七夕。そう思うと、七日の前日である六日でさえも、いつもの夜とは違い、どこかしら艶《つや》めいた趣がある、という句意です。

荒海や佐渡に横たふ天の河　芭蕉

荒々しくのたうつ、真っ黒な海。その彼方には佐渡の島影が見え、中天には天の川が雄渾さを誇っている、という句意です。流刑地であったという暗い歴史を負った佐渡を、このように宇宙的な感覚によって捉えた発想が非凡です。佐渡が、金が採れる島であったことが、この句の豪奢《ごうしゃ》なイメージにも関わっているでしょう。

芭蕉たちが出雲崎に着いたのは、七夕も近い七月四日のこと。大崎屋という旅籠《はたご》に一泊、あいにくの雨でしたが、かすかにけぶる佐渡島が見えたかもしれません。なお、出雲崎は、良寛の生まれた町でもあり、良寛記念館や生家跡もみどころです。

◆37 市振

月　日

今日は親知らず・子知らず・犬戻り・駒返《こまがへ》しなどいふ北国一の難所を越えて疲れはべれば、枕引き寄せて寝たるに、一間隔てて面のかたに、若き女の声、ふたりばかりと聞こゆ、年老いたる男の声も交じりて物語するを聞けば、越後の国新潟といふ所の遊女なりし。伊勢参宮するとて、この関まで男の送りて、明日は故郷《ふるさと》に返す文したためて、はかなき言伝などしやるなり。

◉一つ家に遊女も寝たり萩と月

曾良に語れば、書きとどめはべる。

海の日のつるべ落しや親不知　阿波野青畝

市振の松こそよけれ初嵐　川崎展宏

春陰の海の底鳴り親不知　松村蒼石

市振や雨に色濃きさるすべり　江中真弓

市振にたどり着く前には、「親知らず・子知らず」「犬戻り・駒返し」といった難所が待ち構えています。「親知らず・子知らず」は、北アルプスの北端にあたり、険しい断崖に接した狭い海岸線を、旅人は命がけで進んでいかなくてはなりませんでした。現在の北陸本線青海《おうみ》駅から市振駅に至る間に位置しています。その印象的な名の由来については、こんな悲しい言い伝えがあります。

壇ノ浦の戦いの後、越後へ流された平頼盛は、蒲原郡五百刈村（現在の新潟県長岡市）で落人として暮らしていました。それを聞きつけた奥方は、京都から越後を目指しましたが、この難所に差し掛かったところ、連れていた子供が波にさらわれてしまいました。奥方が悲嘆のあまり詠んだ「親知らず子はこの浦の波まくら越路《こしじ》の磯のあわと消えゆく」の歌が、「親知らず・子知らず」の由来となったとのこと。

市振は、越後と越中の国境にあたる、小さな宿場町です。当時の重要な関所のひとつであったこの市振の宿で、芭蕉はたまたま遊女と隣り合わせます。遊女は新潟から伊勢参りにいく途中ということで、お付きの老人といっしょに、旅をしているのでした。僧形の芭蕉たちをみて、不安な道中いっしょに来てほしいと懇願しますが、芭蕉はところどころで滞在することが多いからいっしょにはいけない、と断ります。

一つ家に遊女も寝たり萩と月　　芭蕉

たまたま遊女と同じ宿に泊まった今夜、外を見れば地に萩が咲き、空には月があかあかと輝いている、という句意です。「萩」は遊女、「月」は芭蕉自身の象徴であり、衆生の煩悩の迷いを晴らす月の光のようでありたいという願いがこめられています。市振の裏山にある長円寺には、この句を刻んだ句碑があります。

「曾良に語れば、書きとどめはべる」とありますが、『曾良旅日記』にはそのような記述はありません。おそらくは、虚構なのでしょう。この遊女とのエピソードは、連句一巻における「恋の座」にも似て、『おくのほそ道』にほのかな艶《つや》めきを与えています。

◆38

越中路・金沢

月　日

黒部四十八が瀬とかや、数知らぬ川を渡りて、那古《なご》といふ浦に出づ。担籠《たご》の藤浪《ふぢなみ》は、春ならずとも、初秋のあはれ訪ふべきものをと、人に尋ぬれば、「これより五里磯伝ひして、向かうの山陰に入り、蜑《あま》の苫葺《とまぶ》きかすかなれば、蘆《あし》の一夜の宿貸すものあるまじ」と、言ひおどされて、加賀の国に入る。

早稲の香や分け入る右は有磯海《ありそうみ》

卯の花山・倶利伽羅が谷を越えて、金沢は七月中の五日なり。ここに大坂より通ふ商人何処という者あり。それが旅宿をともにす。

一笑という者は、この道に好ける名のほのぼの聞こえて、世に知る人もはべりしに、去年の冬早世したりとて、その兄追善を催すに、

塚も動けわが泣く声は秋の風

◉

あかあかと日はつれなくも秋の風

雪渓の下にたぎれる黒部川　高浜虚子

鳶《とび》群れて奈古の裏風秋さぶる　小松崎爽青

黒部川夏の夕べの橋長く　星野立子

越中や腰高に組む早稲の稲架《はざ》　鈴木貞雄

七月十三日、市振を発った芭蕉は、黒部川の手前の入善で、馬を借りようとしましたが、馬がなかったため人を雇い、荷物を持たせて黒部川を越えていきます。堤防の無かった当時の黒部川は、川幅が非常に広く、まさに「数知らぬ川を渡りて」の描写にふさわしかったのでしょう。「黒部四十八が瀬」は、北国下りの義経が、難渋しながら渡ったと伝えられており、芭蕉たちもその苦労を偲んだに違いありません。「那古といふ浦」の「ナゴ」の響きには、ぶじに川を越した安堵感が託されています。「那古」の浦は、今の富山県伏木港の東南、新湊《しんみなと》市の海岸一帯を指します。

「那古といふ浦」からの連想で、同じく歌枕であった「担籠《たご》の藤浪」に思いを致します。「担籠の浦の底さへにほふ藤波をかざして行かむ見ぬ人のため　柿本人麻呂」の歌に名高い藤の名所でしたが、初秋のこの時節にも別種の風趣があるだろうと、その場所を人に尋ねてみますが、村には漁師の粗末な苫葺きの宿がわずかにあるだけで、宿を貸してくれるものはないだろうと言われます。芭蕉はそれを聞いて及び腰になり、行くことをあきらめ、加賀の国に入ります。

早稲の香や分け入る右は有磯海　芭蕉

一面に広がる早稲の田を進んでいくと、右手の方向に真っ青な有磯海の眺望がひらけてきた、という句意です。有磯海は、現在のJR氷見線の雨晴駅付近、岩礁の群がる岩崎あたりを中心とする一帯の海をいいます。

金沢を目指す芭蕉は、「卯の花山」「倶利伽羅《くりから》」を越えていきます。「卯の花山」は、「かくばかり雨の降らくにほととぎす卯の花山になほか鳴くらむ　柿本人麻呂」(『万葉集』)による歌枕で、後に固有名詞となり、現在の富山県小矢部市、砺波山《となみやま》の東南に続く山をさすようになりました。山頂からは加賀の国一体が眺められます。「倶利伽羅」は、木曾義仲《きそよしなか》が四万の兵を率いて、平維盛《たいらのこれもり》の大軍勢を追い落とした古戦場。牛の角に松明をくくりつけて突進させたという話が残っています。

金沢についた芭蕉は、心を寄せていた俳人・一笑の死を知ります。一笑はもともと貞門・談林に属していましたが、のちに蕉門に帰しています。この旅で会えることを期待していた芭蕉は、愕然《がくぜん》としたに違いありません。追悼会は、兄・ノ松の手によって犀川《さいがわ》の近くの願念寺で催され、芭蕉は次の一句を詠んでいます。

塚も動けわが泣く声は秋の風　芭蕉

慟哭のわが声は、秋風となって墓を吹きめぐる。死者の魂よ、その悲嘆の声に、塚も動くばかりに応えてくれ、という句意です。『おくのほそ道』の中でも感情の表出があらわで、絶唱といってよいでしょう。

ある草庵にいざなはれて

秋涼し手ごとにむけや瓜《うり》茄子《なすび》　芭蕉

さあ、みんなでこのみずみずしい採れたての瓜や茄子を剝《む》いて、残暑の中に一抹の涼しさを呼び込もうではないか、という句意です。「ある草庵」とは、土地の俳人・斎藤一泉の松玄庵のこと。

途中吟

あかあかと日はつれなくも秋の風　芭蕉

秋風の吹く頃だというのに、残暑の夕日が照りつけてくる、なんともつれないことだ、という句意。この句を披露した立花北枝邸は、尾張町（現在の旧下新町）にあり、江戸末期に建てられたものを見ることができます。

小松といふ所にて

しをらしき名や小松吹く萩薄　芭蕉

なんとも可憐な名の「小松」、そこには名のとおりに小さな松があり、それを吹く風が、萩やすすきをなびかせている、という句意です。

◆39 多太神社・那谷

月　日

この所多太《ただ》の神社に詣づ。実盛が甲《かぶと》・錦《にしき》の切れあり。往昔《そのかみ》、源氏に属せし時、義朝公より賜はらせたまふとかや。げにも平士《ひらさぶらひ》のものにあらず。目庇《まびさし》より吹返しまで、菊唐草の彫りもの金《こがね》をちりばめ、竜頭《たつがしら》に鍬形《くはがた》打つたり。実盛討死の後、木曾《きそ》義仲《よしなか》願状に添へて、この社にこめられはべるよし、樋口の次郎が使ひせしことども、まのあたり縁起に見えたり。

むざんやな甲の下のきりぎりす

山中の温泉《いでゆ》に行くほど、白根が岳、後に見なして歩む。左の山際に観音堂あり。花山の法皇、三十三所の巡礼遂げさせたまひて後、大慈大悲の像を安置したまひて、那谷《なた》と名付けたまふとや。那智・谷汲《たにぐみ》の二字を分かちはべりしとぞ。奇石さまざまに、古松植ゑ並べて、萱葺《かやぶ》きの小堂、岩の上に造り掛けて、殊勝の土地なり。

石山の石より白し秋の風

柿落花石山への道すでに白　中村草田男
水落ちしさまに那谷寺氷りをり　宇佐美魚目

那谷寺や垂氷ごもりの岩屋仏　和田祥子
那谷寺の岩に秋風吹き渡り　高浜年尾

小松にしばらく逗留することになった芭蕉は、七月二十五日、多太神社を詣で、斎藤別当実盛の兜と、奉納に際しての木曾義仲の願状を拝見します。

実盛は、はじめは源義朝に、後に平家に仕えた武将。老いを悟られないように白髪を黒く染め、義仲との戦いに挑んでいきましたが、加賀国篠原であえなく討ち死にします。実盛の首検分をした樋口次郎は「あなむざんや」と、涙をこぼしたといいます（謡曲『実盛』）。次の句は、そんな話を踏まえた一句です。

むざんやな甲の下のきりぎりす　　芭蕉

なんと痛ましいことだろう、まるで実盛を悼むかのように、ゆかりの兜の下できりぎりすが鳴いている、という句意です。「きりぎりす」は、今で言うコオロギのこと。

小松では、本折日吉神社、健聖寺も訪ねておきたいところです。当時、本折日吉神社の宮司であった藤村伊豆の家で、「しをらしき名や小松吹く萩薄」を発句とした連句興行が催されました。健聖寺には、芭蕉を篤くもてなした門人・北枝が彫ったとされる芭蕉像が安置されています。

小松を発った芭蕉たちは、山中温泉を訪ねる途中、那谷寺に参拝しました。

白山に抱かれた那谷寺の広大な境内には、白っぽい凝灰岩の奇岩遊仙境を中心に、岩屋や岩窟がいくつも見られます。平安時代中期の寛和二年、花山法皇が岩窟内で観音三十三身の姿を感じ、「観音霊場三十三カ所がすべてこの山にある」という意味から、西国三十三カ所の第一番・那智山の「那」と、第三十三番・谷汲山の「谷」をとって「那谷寺」と名を改めたといいます。

石山の石より白し秋の風　　芭蕉

名高い近江の石山寺の石よりも、ここ那谷寺の石はなお白い。しかし、そんな石にもまして、そこに吹く秋風はいっそう白いのだ、という句意です。

40 山中・別離・全昌寺

月　日

温泉《いでゆ》に浴す。その効有明に次ぐといふ。

山中や菊はたをらぬ湯の匂ひ

曾良は腹を病みて、伊勢の国長島といふ所にゆかりあれば、先立ちて行くに、

行き行きて倒れ伏すとも萩の原　曾良

と書き置きたり。行く者の悲しみ、残る者の憾《うら》み、隻鳧《せきふ》の別れて雲に迷ふがごとし。予もまた、

今日よりや書付消さん笠の露

大聖寺の城外、全昌寺といふ寺に泊まる。なほ加賀の地なり。曾良も前の夜この寺に泊まりて、

よもすがら秋風聞くや裏の山

と残す。一夜の隔て、千里に同じ。われも秋風を聞きて衆寮に臥せば、あけぼのの空近う、読経声澄むままに、鐘板鳴りて食堂に入る。

をりふし庭中の柳散れば、
庭掃きて出でばや寺に散る柳
とりあへぬさまして、草鞋《わらぢ》ながら書き捨つ。

山中の落葉しぐれや芭蕉堂　泊　康夫

山中の第一夜先づ星月夜　伊藤柏翠

山中温泉は行基が開湯したといわれるほど歴史が古く、千三百年の歴史を持つといわれます。加賀の国でも有数の温泉地でした。芭蕉は、ここの湯が名湯・有馬（有明は誤記）に並ぶとして、次の句を詠んで讃えました。

山中や菊はたをらぬ湯の匂ひ　芭蕉

中国の慈童が罪により辺境の深山に流された際、経文を書き付けた菊の葉の露のしたたりを飲んで七百歳の長寿を保ったという、謡曲の『菊慈童』に出てくる話に因んだ句です。山中温泉の湯で、じゅうぶんに長生きができるのだから、菊を手折る必要はなく、菊の香よりもそのありがたい湯の匂いこそが、いっそうかぐわしいものに思われる、という句意です。この句はまた、その日に泊まった宿・泉屋（和泉屋）の主人・久米之助に向けての挨拶句でもあります。当時十四歳の久米之助は、これをきっかけに蕉門に入り、桃夭の俳号を与えられています。

ここで、大聖寺川にかかる黒谷橋を見物しています。「此川くろ谷橋は絶景の地也。ばせを翁の平岩に座して手をうちたゝき、行脚のたのしみここにありと、一ふしうたはれしもと自笑がかたりける」（『草庵集』）と、門人の句空が伝聞のかたちで伝えているように、奇岩怪石の並ぶ風景を芭蕉は楽しんだようです。

山中温泉で芭蕉は、これまでの旅の同伴者、曾良と別れます。曾良は体調がすぐれず、先に縁者のいる長島に向かうことになったのです。曾良が書き残していったのは、次の句。

行き行きて倒れ伏すとも萩の原　曾良

師翁と別れ、病の身をこれから孤独の旅路に投じていくわけで、歩いた末に野垂れ死にするかもしれない。だがそこが萩の咲く美しい野原ならば、風狂の徒として本望なのだ、という句意です。芭蕉は次の句で答えています。

今日よりや書付消さん笠の露　芭蕉

旅の初めに当たって笠の裏に書き付けた「同行二人」の文字を、これから一人で旅をしていくことになった今日からは、笠の上に置いた露で、消してしまわなくてはならない、という句意です。「露」には、離別の涙のイメージも重ねられているでしょう。

大聖寺の城下にある全昌寺という寺に泊まります。全昌寺は曹洞宗の寺。大聖寺城の城主だった山口玄蕃頭の菩提寺であり、山中温泉で泊まった泉屋の菩提寺でもありました。その縁があって宿としたものと思われます。現在の全昌寺には、芭蕉と曾良が一泊した部屋が、茶室として復元されています。江戸末期に作られた五百羅漢像も見物です。

山中温泉で別れ、一足先に旅を進めていた曾良が、同じくこの全昌寺に泊まり、次の句を書き残していました。

よもすがら秋風聞くや裏の山　曾良

裏山の木々に吹く激しい秋風の音を聞きながら、眠れないままに一夜を明かしてしまった、という句意です。師と別れ、心身不如意の曾良の心細さがうかがえる句です。

芭蕉が全昌寺で詠んだのは、次の一句。

庭掃きて出でばや寺に散る柳　芭蕉

一夜を泊めてもらったせめてものお礼に、庭を掃いて出かけよう。折りしも、寺の庭に柳の葉が散っているから、といった句意です。

曾良と別れた芭蕉もまた、心細かったのでしょう。早く加賀の国を出て、越前の国に入ろうと、あわただしく出立をします。

実際には、芭蕉はひとりきりではなく、門人の北枝が同行していたはずですが、本章の句文にはあえて孤独感を前面に出す演出が施されています。

◆41

汐越の松・天竜寺・永平寺

月　　日

越前の境、吉崎の入江を舟に棹《さをさ》して、汐越《しほごし》の松を尋ぬ。

よもすがら嵐に波を運ばせて月を垂れたる汐越の松　　西行

この一首にて数景尽きたり。もし一弁を加ふるものは、無用の指を立つるがごとし。

丸岡天竜寺の長老、古き因みあれば尋ぬ。また、金沢の北枝といふ者、かりそめに見送りて、この所まで慕ひ来たる。所々の風景過ぐさず思ひ続けて、をりふしあはれなる作意など聞こゆ。今すでに別れに臨みて、

物書きて扇引きさくなごりかな

五十丁山に入りて、永平寺を礼《らい》す。道元禅師の御寺なり。邦畿《ほうき》千里を避けて、かかる山陰に跡を残したまふも、貴きゆゑありとかや。

天懸る雪崩の跡や永平寺　皆吉爽雨

ここらまだ永平寺領残る雪　上野たかし

加賀の国と越前の国の境、「吉崎の入り江」は、現在の福井県あわら市金津町吉崎から南西に入る入り江で、奥に北潟湖が続いています。芭蕉はこの湖に舟を繰り出し、対岸の浜坂峠に、「汐越の松」を見物します。

よもすがら嵐に波を運ばせて月を垂れたる汐越の松　西行

一晩中、嵐が海の波をはこんで、松に汐がふりかかり、そのために松から月の光が垂れているように見える、という歌意です。西行作とされるこの和歌に心惹かれての見物でした。「汐越の松」は、かつては松林だったとされますが、現在はゴルフ場の裏手にあり、残骸をとどめているばかりです。

「吉崎の入り江」は、一向宗の道場・吉崎御坊があることで知られています。比叡山延暦寺衆徒の迫害にあった蓮如が、文明三年、北潟湖畔の吉崎山の頂に建立したのが、この吉崎御坊でした。先に掲げた西行の和歌は、蓮如の作であるという説もあります。

続いて、松岡に向かい、天竜寺を訪ねます。当時の住職・六代目大夢和尚とは昔なじみで、その縁あっての訪問でした。天竜寺は曹洞宗の開祖・永平寺の末寺で、松岡藩主松平家の菩提寺。本文には「丸岡」とありますが、これは隣町の名で、正しくは松岡にありました。

ここではじめて、金沢からの旅の同行者、北枝が紹介されます。北枝は金沢在住、刃物研ぎを業としていました。もともと談林俳諧をたしなんでいましたが、この旅での芭蕉の金沢訪問がきっかけで弟子入りし、さっそく旅の同伴になるという、破格の扱いでした。金沢に帰ることになった北枝との別れを惜しみ、芭蕉は次の句を詠みます。

物書きて扇引きさくなごりかな　芭蕉

夏の間、使い慣れた扇を捨てるこの時節、あなたとも別れなくてはならなくなった。互いの形見とするべく、扇を二つに引き裂いてそれぞれが持ち、別れることにしよう、といった句意です。

北枝は芭蕉亡き後もその志をよく引き継ぎ、後年、加賀蕉門の中心的存在となりました。

次には、天竜寺から五十丁（約五・五キロ）ほど山に入っていったところにある永平寺を訪ねます。永平寺は、寛元二年（一二四四）、道元によって開創された曹洞宗の寺院。七堂伽藍を中心に、七十余りの殿堂楼閣が建ち並ぶ大寺院です。六波羅探題波多野義重のすすめにより、京都より移り大仏寺を建立、永平寺と改称しました。道元はなぜ、このような辺鄙な山奥に寺を残したのか。一説には、京近くの繁華な土地に寺を建てると、僧が堕落する心配があるからだと言われています。

◆42
福井

月　日

ここに等栽といふ古き隠士あり。いづれの年にか江戸に来たりて予を尋ぬ。遥か十年余りなり。いかに老いさらぼひてあるにや、はた死にけるにやと、人に尋ねはべれば、いまだ存命してそこそこと教ふ。市中ひそかに引き入りて、あやしの小家に夕顔・へちまの延《は》へかかりて、鶏頭・箒木《ははきぎ》に戸ぼそを隠す。さてはこの内にこそと、門をたたけば、侘《わび》しげなる女の出でて、「いづくよりわたりたまふ道心の御坊にや。あるじはこのあたり何某といふ者のかたに行きぬ。もし用あらば尋ねたまへ」と言ふ。かれが妻なるべしと知らる。昔物語にこそかかる風情ははべれと、やがて尋ね会ひて、その家に二夜泊まりて、名月は敦賀の港にと旅立つ。

九頭竜河口の彼方落日桐の花　金子兜太

日本海の寒さの沁みて蟹甘し　宮津昭彦

天竜寺を発った芭蕉は、二里半ほどの旅路を経て、福井に着きます。福井は松平兵部大輔《たいふ》昌親二十五万石の城下町で、現在の福井市にあたります。

福井で芭蕉が訪ねたのは、十年ほど前に江戸で交流があった等栽という隠士。生きているかもはっきりとしない等栽の、粗末な家を訪れる場面には、『源氏物語』で光源氏が五条の夕顔の宿をはじめて訪ねるくだりが下敷きになっています。家には等栽の妻らしきみすぼらしい女がおり、夫は留守なのでその外出先に向かうようにいわれます。ここで本文に「昔物語にこそかかる風情ははべれと」とあるのも、『源氏物語』の夕顔の巻を踏まえた一節です。すなわち、夕顔と一夜を過ごした源氏が、六条御息所《みやすどころ》の生霊に襲われる場面で「昔物語にこそかかる事は聞けど、いと珍らかに、むくつけけれど……」とあるのに拠ります。等栽の妻のそっけない態度に、「こんな風情は昔語りにあるぐらいだ」と皮肉交じりに嘆じながら、その実、浮世のことにかまわない人柄に共感しているのです。

等栽の方も、飄逸な数奇者として描かれています。芭蕉が名月を敦賀で観賞するため旅立とうとすると、敦賀まで見送りましょうと、着物の裾をからげて浮かれ立つのです。浮世離れした等栽夫婦に、芭蕉は親しみと憧れの情を抱いたのでしょう。

芭蕉が二泊した等栽邸宅跡の碑が、福井市内の左内公園に建っています。

◆43 敦賀

月　日

やうやう白根が岳隠れて、比那《ひな》が嵩《だけ》現る。あさむづの橋を渡りて、玉江の蘆は穂に出でにけり。鶯の関を過ぎて、湯尾峠を越ゆれば、燧《ひうち》が城、帰山に初雁《はつかり》を聞きて、十四日の夕暮れ、敦賀の津に宿を求む。

その夜、月殊に晴れたり。「明日の夜もかくあるべきにや」と言へば、「越路の習ひ、なほ明夜の陰晴はかりがたし」と、あるじに酒勧められて、気比の明神に夜参す。仲哀天皇の御廟《ごべう》なり。社頭神さびて、松の木の間に月の漏り入りたる、御前の白砂、霜を敷けるがごとし。

◉

月清し遊行の持てる砂の上

十五日、亭主のことばにたがはず雨降る。

名月や北国日和定めなき

貰ふよたま江の麦の刈しまひ　惟然

人の許へ雪山たたむ敦賀湾　細見綾子

雪明り雪暗がりも気比の宮　稲畑汀子

ユーカリの花夕暮れの気比の宮　星野麥丘人

青葉して暁さむし気比の宮　石塚友二

海かけて気比の松原虹立てり　大橋桜坡子

八月十五日、中秋の名月を敦賀で観ようと、芭蕉は等栽とともに福井を出発します。

本章の冒頭、名所・旧跡の名前が次々に登場するのは、道行文を模しているため。道行文とは、七五調のリズムに乗せて、縁語・掛詞・頭韻・ものづくしなどの技巧を駆使した文章のこと。もっとも、古典の道行文がもっぱら感傷的であるのに比べ、芭蕉のこの一節はむしろ敦賀での月見へ向けて大きくなっていく期待感の表出に効果を示しています。その意味で、あくまで道行文を模した芭蕉独自の文体といっていいでしょう。

「比那が嵩」は武生《たけふ》市の南境に位置する日野山の呼称。「おくのほそ道」ではとられていませんが、ここで詠まれた「明日の月雨占はん比那が嶽」は、「比那が嶽」の「比」に「日」を掛けて、明日の十五夜が晴れか雨か、比那が嶽のたたずまいで占ってみようと洒落《しゃれ》た句。「あさむづの橋」は、現在の福井市浅水《あそうず》町の麻生津川にかかる橋で、『枕草子』に「橋は、あさむつの橋」とあることで知られます。朝早くに福井を発った芭蕉は「あさむつや月見の旅の明ばなれ」と、「あさむつ」に「朝六つ」（日の出の時刻）を掛けた句を残しています。「玉江」は、福井市花堂の南を流れる江端川のこと、「玉江の橋」はその橋あたりに茂る蘆を言い、古歌に多く詠まれています。芭蕉は、「月見せよ玉江の芦を刈らぬ先」という、芦に月見を結びつけた趣向の句を残しています。「鶯の関」は、福井県南越前町南条の鯖南の北、関ヶ鼻にあったといわれる関址で、伝説上の歌枕でした。「湯尾峠」は、現在の南条郡今庄町湯尾の南、今庄との間の峠。茶店で疱瘡《ほうそう》（天然痘）除けのお守り・孫杓子《しゃくし》を売るので知られています。芭蕉がここで詠んだ「月に名を包みかねてや疱瘡の神《いも》」は、暖簾《のれん》に杓子をしるすことにちなんで、明るい月の光に疱瘡神も隠れかねたと興じたものです。「燧が城」は、今庄町藤倉山東端にあった、木曾《きそ》義仲《よしなか》の居城。義仲贔屓《びいき》であった芭蕉はこのときの感慨を、「義仲の寝覚の山か月かなし」と詠んでいます。「帰山」は、藤倉山と山続きの今庄付近にあった山。雁とよく詠み合わされる歌枕でした。

芭蕉が敦賀に着いたのは、中秋の名月の前日でした。この夜はよく晴れていたので、明日の十五夜も大丈夫だろうと宿の主人にいったところ、北陸路の天気は変わりやすいから予想がつかないと言われ、夜のうちに気比神社に参拝します。

気比神社は、敦賀湾に臨んで建つ、由緒正しい大社。古代から北陸道総鎮守として仰がれ、越前国一ノ宮でした。松の木の間から射す月光に映えて、敷いた白砂は霜に見まがうかのようだと、鎮守の森の幻想的雰囲気を表現しています。時宗の開祖一遍上人のあとを受け、遊行二世の法衣を継いだ他阿上人の故実を、宿の主人は語ります。すなわち、泥でぬかる境内にみずから土石を運び、参詣や往来の人々の煩いを取り払ったとのこと。この故実にちなんで、代々の遊行上人が敦賀にくると、海岸の白砂を神前に運ぶ「遊行の砂持ち」という儀式が行われているといいます。

月清し遊行の持てる砂の上　芭蕉

遠い昔、遊行上人が手づから社前に運んだという白砂の上に、清らかな月の光が降り注いでいる、という句意です。

心待ちにしていた十五夜は、宿の主人が「明夜の陰晴はかりがたし」と言ったとおり、天気が崩れてしまいます。

名月や北国日和定めなき　芭蕉

今夜は名月のはずなのだが、天気の変わりやすい北国の習いで、運悪く雨雲に閉ざされてしまった、という句意です。単に、月が見られなくて残念という感慨を述べたものではありません。現実の名月が見られなかったと強調することで、心中のイメージとしての名月の美しさをきわだたせているのです。

なお、気比神社の奥の宮・常宮神社や、沈鐘伝説の金ヶ崎にも足を延ばしたいところ。金ヶ崎には、逆さに沈んだ鐘が海のどこかにあり、国司が海女に探させたが見つからなかったと伝えられています。芭蕉はこの伝説を宿の主から聞き、「月いづく鐘はしづめる海の底」と詠みました。

本文に出てくる句を含め、十四日から十六日までの敦賀滞在で詠まれた句は、すべて月の句でした。十五夜の名月に対する芭蕉の執心がうかがえます。

◆44

種の浜

月　日

十六日、空晴れたれば、ますほの小貝拾はんと、種《いろ》の浜に舟を走《は》す。海上七里あり。天屋何某といふ者、破籠《わりご》・小竹筒《ささえ》などこまやかにしたためさせ、僕あまた舟にとり乗せて、追ひ風、時の間に吹き着きぬ。浜はわづかなる海士《あま》の小家にて、侘《わび》しき法華寺あり。ここに茶を飲み、酒を暖めて、夕暮れの寂しさ、感に堪へたり。

寂しさや須磨に勝ちたる浜の秋

波の間や小貝にまじる萩の塵

その日のあらまし、等栽に筆をとらせて寺に残す。

鳥雲に拾ふともなきますほ貝　堀口星眠

秋風にもし色あらば色ケ浜　高浜虚子

衣更ふますほの小貝拾はむと　飯島晴子

拾ひ来し小貝も苞《つと》に雪催《ゆきもよひ》　黛　まどか

八月十六日、秋晴れとなったこの日、芭蕉は舟を仕立てて種（色）の浜へ向かいます。敦賀蓬萊町の廻船問屋・天屋五郎右衛門の用意してくれた料理や酒、使用人を乗せての、にぎやかな行程でした。

種の浜は、漁師の小家が十数軒と、「侘しき法華寺」があるのみの、小さな集落ですが、芭蕉にとっては憧れの西行に因む、特別な場所でした。

汐染むるますほの小貝ひろふとて色の浜とはいふにやあるらむ　　西行（『山家集』）

「ますほの小貝」とは、この浜で拾うことができる、うっすらと赤い色をした小さな二枚貝をいいます。芭蕉は、この小貝を拾って、門人や友人たちへの土産にしたそうです。

「侘しき法華寺」とは、本隆寺のこと。もともとは金泉寺という禅寺でした。応永三十三年に摂津の尼崎本興寺の日隆上人が風雨に遭って当地に上陸、これを機に村民一同が帰依して法華寺に改宗し、名をあらためて本隆寺となりました。ここに所蔵されている『芭蕉翁色ヶ浜遊記』は、本文に「その日のあらまし、等栽に筆をとらせて寺に残す」と書かれている等栽の真筆とされています。

寂しさや須磨に勝ちたる浜の秋

『源氏物語』の「須磨の巻」で、寂寥感たっぷりに描かれた須磨よりも、ここ種の浜のほうが寂しいではないか、という句意です。須磨は、都を退去した源氏が侘び住まいをした地でした。

波の間や小貝にまじる萩の塵　　　芭蕉

種の浜の、静かな浜辺に打ち寄せる波。よく見れば、波打ち際に散らばる小貝の中に、萩の花屑が混じっている、という句意です。

『源氏物語』を意識した句文が醸し出すしっとりとした情緒は、紀行が終局に向かっていることを匂わせています。

◆45 大垣

月　日

露通もこの港まで出で迎ひて、美濃の国へと伴ふ。駒《こま》に助けられて大垣の庄に入れば、曾良も伊勢より来たり合ひ、越人も馬を飛ばせて、如行が家に入り集まる。前川子《ぜんせんし》・荊口《けいこう》父子、その外親しき人々、日夜訪《とぶら》ひて、蘇生の者に会ふがごとく、かつ喜びかついたはる。旅のものうさもいまだやまざるに、長月六日になれば、伊勢の遷宮拝まんと、また舟に乗りて、

蛤のふたみに別れ行く秋ぞ

住かへよ人見の松の蟬のこゑ　去来

霧晴ぬ暫く岸に立給へ　如行

川澄台ただ一握の萩の痩せ　殿村菟絲子

大垣の郵便局も柿日和　黒田杏子

敦賀まで迎えに来てくれた門人・露通（路通）とともに、芭蕉は馬で美濃国大垣に入ります。

大垣は、戸田采女正《うねめのかみ》氏定十万石の城下町。町の中には水路が発達し、水運でにぎわう水の都でした。

現在の岐阜県大垣市にあたります。

先に伊勢に赴いていた曾良と、名古屋蕉門の越人とが加わって、地元の俳人如行の家に集まります。門弟であった大垣藩士の前川・荊口らも訪ねてきて、芭蕉の旅の無事を喜び、辛苦を労わります。芭蕉の大垣訪問は、これで三回目。孤独な旅路から一転、門人や友人に囲まれて、芭蕉はひとときのくつろぎを得ます。ここで「蘇生の者に会ふがごとく」とあるのは大袈裟なようですが、芭蕉は長い旅を経ることで、人生と俳諧についての新しい考えを得て、まるで生まれ変わったような気持ちになっていたのでしょう。

深川からおよそ六百里、百五十日にわたった『おくのほそ道』は、いよいよ終局を迎えます。もっとも、これで旅は終わりと言うわけではありません。二十年に一度行われる伊勢の遷宮式を拝みに、水門川の船町港を後にして、舟で桑名へと向かいます。

　蛤のふたみに別れ行く秋ぞ　　芭蕉

蛤の身と蓋が裂かれるのにも似て、伊勢の二見へ赴くために仲間たちと別れるのは辛い。まして秋も過ぎようとするこの頃なのだから、なおさらだ、という句意です。蛤の「蓋・身」を伊勢の「二見」に、「別れ行く」を「行く秋」に掛けた趣向です。

芭蕉の大垣訪問の頃に建てられた船町港の「住吉灯台」は、明治二十年に再建されたものを見ることができます。対岸には、北村季吟に共に学んだ俳友・谷木因の廻船問屋があり、ここから芭蕉は伊勢へ向かいました。今は「奥の細道むすびの地」の標石が建ち、木因と芭蕉の像が並んでいます。木因は大垣俳壇の重鎮でした。また、正覚寺には、芭蕉没後百日忌に如行たち大垣の連衆によって建立された追悼碑が残っています。脇には、木因の墓があります。

象潟
能因島
干満珠寺
（蚶満寺）
6.16～17 汐越
むやむやの関
6.15 吹浦
鳥海山
出
（羽後）
（陸中）
陸
北上川
衣川
最上川
酒田 6.13～14
18～24
6.10～12 鶴が岡（鶴岡）
6.25 大山
5.15～16
堺田
中尊寺
高館
平泉
一関 5.12～13
6.1～2
新庄
山刀伐峠
6.26 温海
尿前の関
鳴子
鼠の関
（念珠が関）
羽黒山
6.3～5
湯殿山
6.6月山
6.7～9
6.27 中村
大石田
5.28～30
尾花沢
5.17～26
岩手（岩出山）
5.14
戸伊摩（登米）
5.11
瀬波
村上
6.28～29
7.1 築地
（陸前）
松島
5.9
5.27立石寺
羽
山形
塩竈5.8
瑞巌寺 5.10
石の巻
5.4～7 仙台
多賀城跡
新潟 7.2
（羽前）
奥
笠島
宮城野
金華山
弥彦
7.3
信濃川
5.3 白石
岩沼
桑折
竹駒明神
鐙摺
阿武隈川
武隈の松
越
5.2 飯塚（飯坂）
伊達の大木戸
鯖野
瀬の上
5.1 福島
文字摺石
相馬
後
会津根
（磐梯山）
二本松
黒塚
三春
（岩代）
檜皮（日和田）
浅香山（安積山）
郡山 4.29
4.22～28 須賀川
（磐城）
影沼
4.18～19 那須湯本
白河
矢吹 4.21
殺生石
白河の関跡
黒髪山
（男体山）
4.16～17 高久
旗宿 4.20
遊行柳
蘆野
裏見の滝
日光
余瀬 4.3, 4.11～14
雲巌寺
4.1 鉢石
玉生
4.2
黒羽
4.4～10, 4.15
勿来関
3.29 鹿沼
下野
常
室の八島
3.28 間々田
陸
蔵
春日部 3.27
草加
千住
江戸
深川 3.27発
下総
上総
0 20 40 60 80km
0 5 10 15 20里

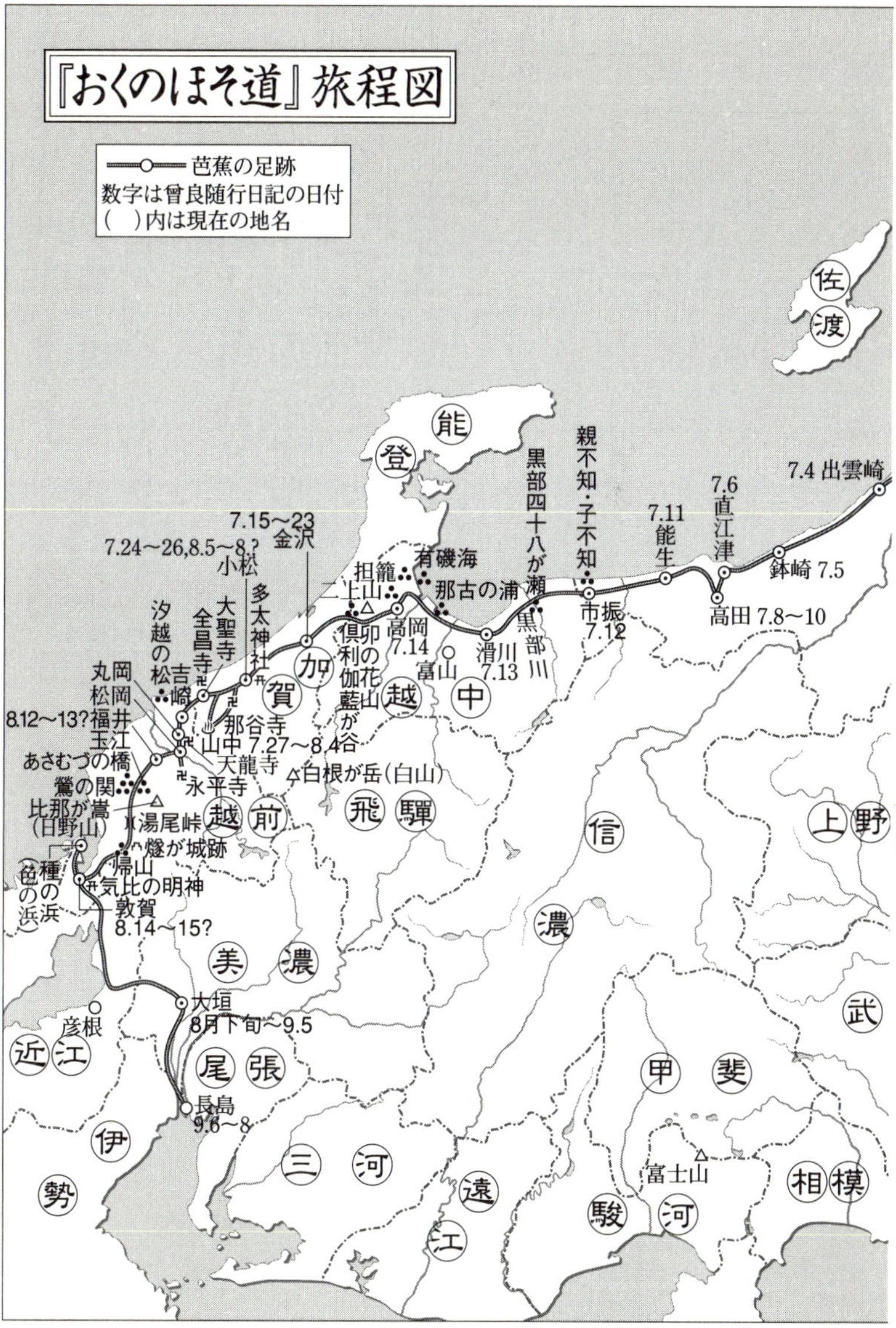
『おくのほそ道』旅程図
芭蕉の足跡
数字は曽良随行日記の日付
(　)内は現在の地名
佐渡
能登
7.4 出雲崎
7.6 直江津
7.11 能生
親不知・子不知
黒部四十八が瀬
鉢崎 7.5
高田 7.8〜10
市振 7.12
黒部川
7.15〜23 金沢
7.24〜26,8.5〜8.?
小松
多太神社
有磯海
担籠
那古の浦
二上山
高岡 7.14
滑川 7.13
富山
卯の花山
倶利伽藍が谷
大聖寺
全昌寺
汐越の松
吉崎
丸岡
松岡
8.12〜13?福井
玉江
あさむづの橋
鶯の関
比那が嵩
(日野山)
湯尾峠
燧が城跡
帰山
種の浜
(色の浜)
気比の明神
敦賀
8.14〜15?
那谷寺
山中 7.27〜8.4
天龍寺
永平寺
白根が岳(白山)
加賀
越中
越前
飛驒
信濃
上野
美濃
大垣
8月下旬〜9.5
彦根
近江
尾張
長島
9.6〜8
伊勢
三河
遠江
甲斐
武
駿河
富士山
相模

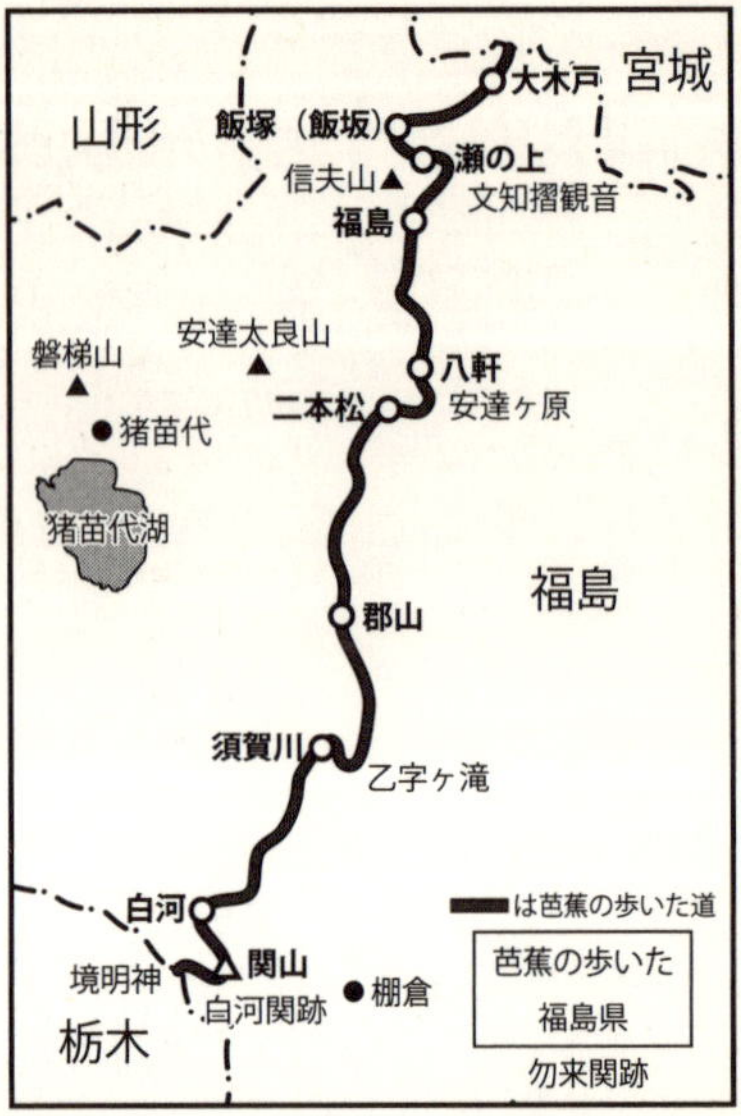
宮城
大木戸
山形
飯塚（飯坂）
瀬の上
信夫山
文知摺観音
福島
安達太良山
磐梯山
八軒
二本松
安達ヶ原
猪苗代
猪苗代湖
福島
郡山
須賀川
乙字ヶ滝
白河
は芭蕉の歩いた道
境明神
関山
白河関跡
棚倉
栃木
芭蕉の歩いた
福島県
勿来関跡

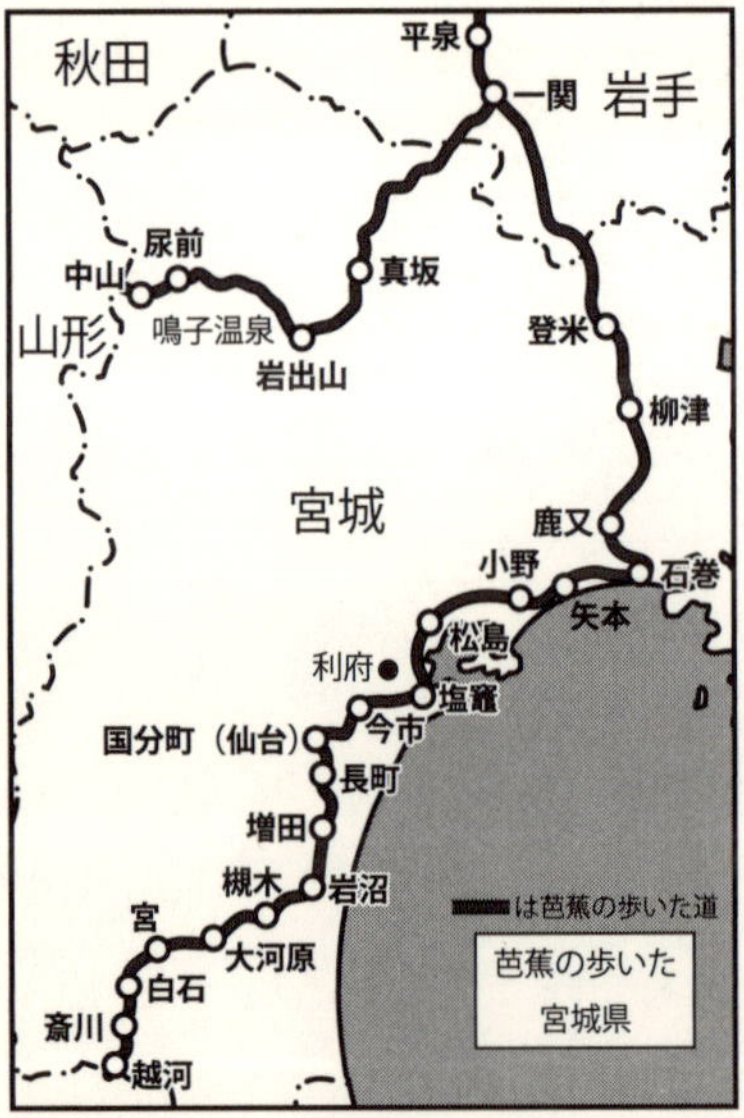
平泉
秋田
一関
岩手
尿前
中山
真坂
山形
鳴子温泉
岩出山
登米
柳津
宮城
鹿又
小野
石巻
矢本
松島
利府
塩竈
国分町（仙台）
今市
長町
増田
槻木
岩沼
は芭蕉の歩いた道
宮
大河原
白石
斎川
越河
芭蕉の歩いた
宮城県

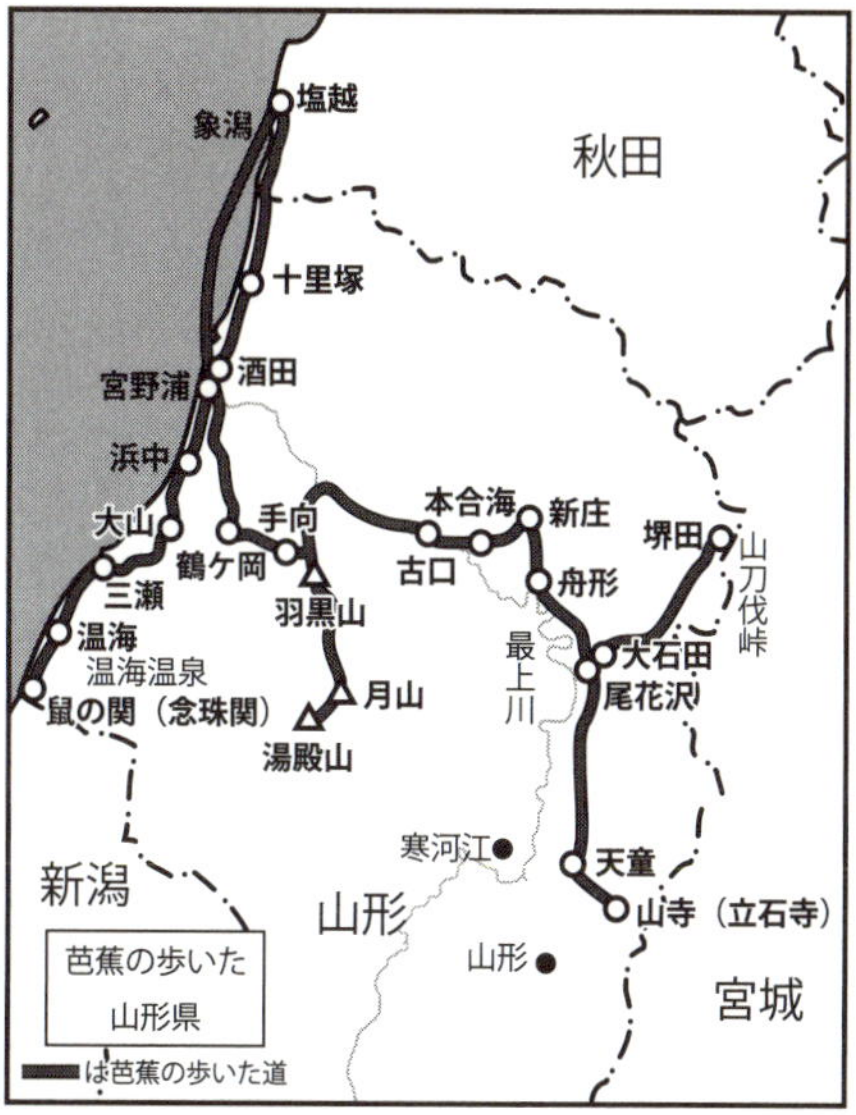
塩越
象潟
秋田
十里塚
酒田
宮野浦
浜中
大山
手向
本合海
新庄
堺田
山刀伐峠
鶴ケ岡
古口
舟形
三瀬
羽黒山
温海
最上川
大石田
温海温泉
尾花沢
月山
鼠の関（念珠関）
湯殿山
寒河江
天童
新潟
山形
山寺（立石寺）
芭蕉の歩いた
山形県
山形
宮城
は芭蕉の歩いた道

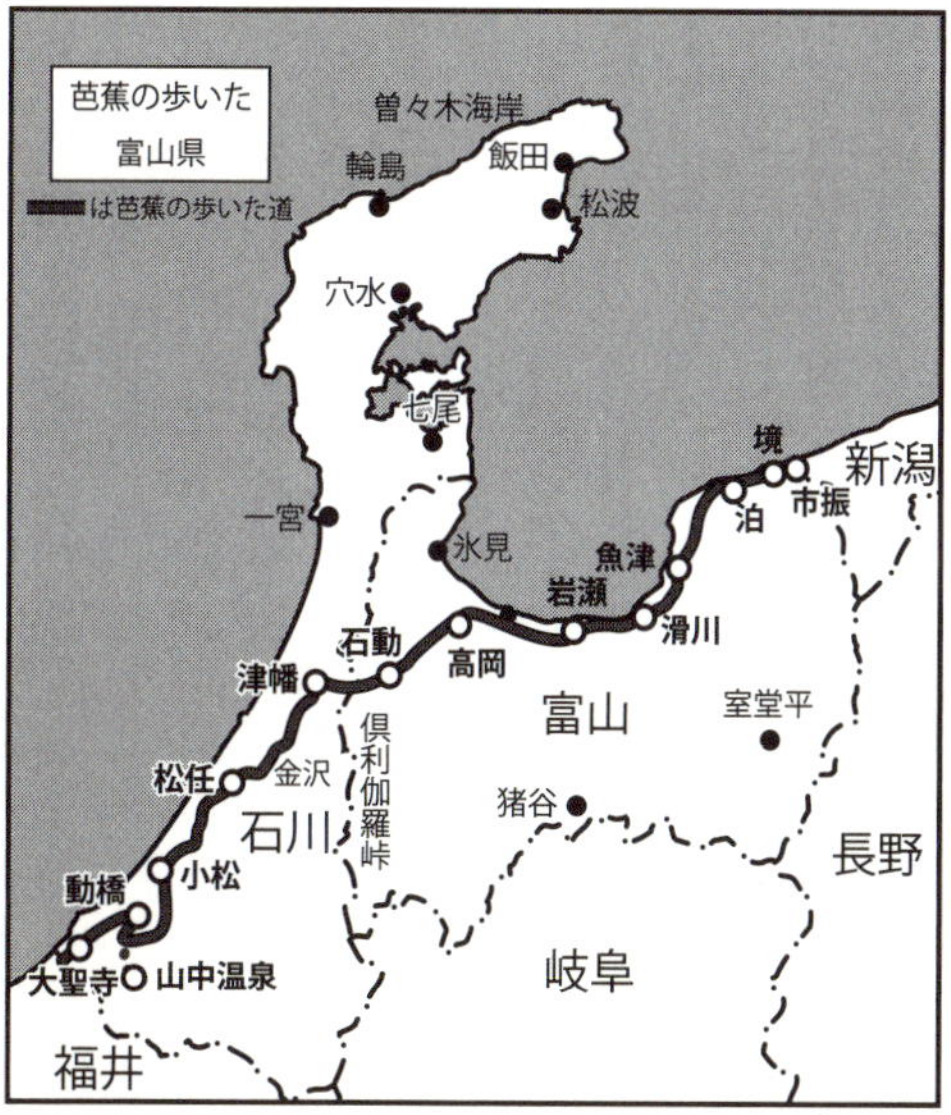
芭蕉の歩いた
富山県
曽々木海岸
飯田
輪島
松波
は芭蕉の歩いた道
穴水
七尾
境
新潟
市振
泊
一宮
氷見
魚津
岩瀬
滑川
石動
高岡
津幡
富山
室堂平
倶利伽羅峠
松任
金沢
猪谷
石川
長野
小松
動橋
大聖寺
山中温泉
岐阜
福井

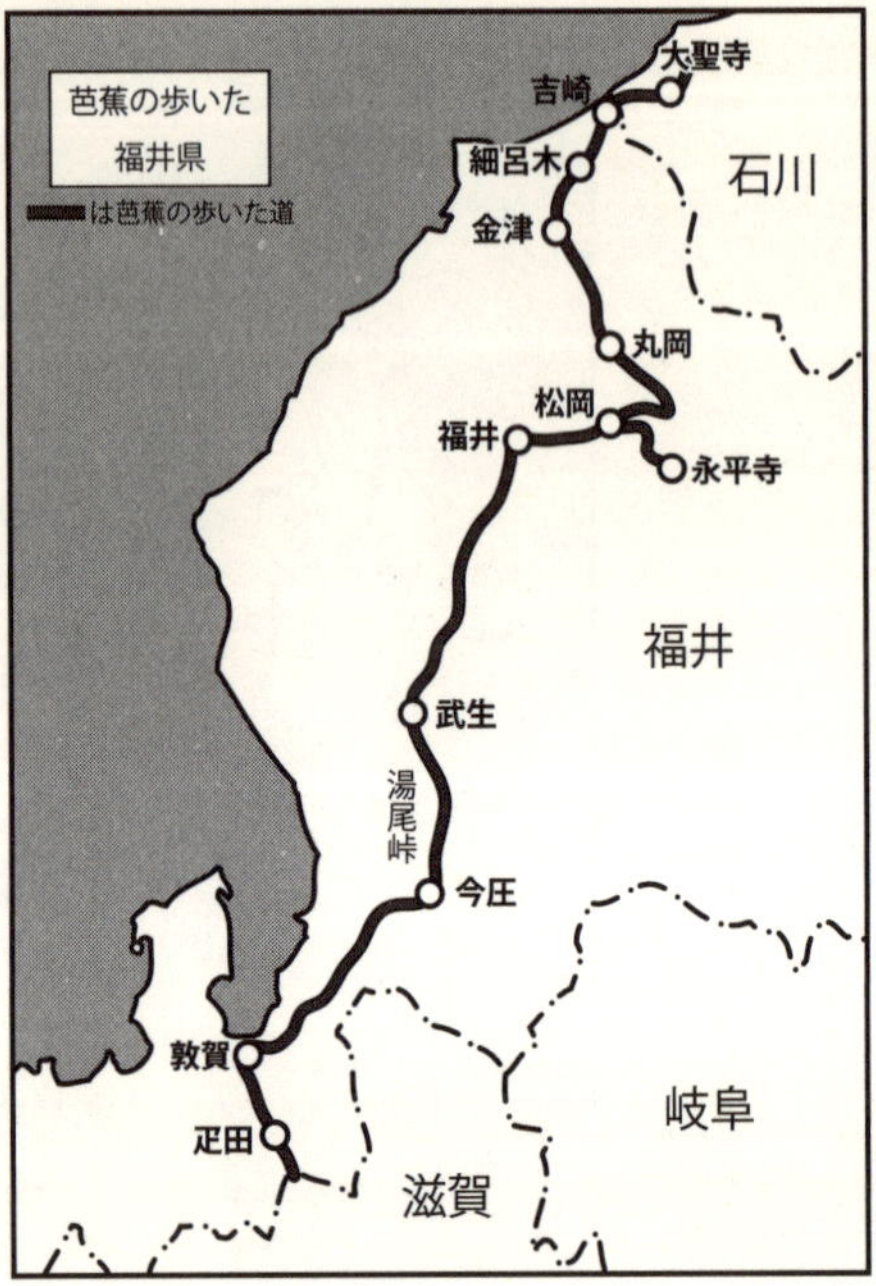
芭蕉の歩いた
福井県
は芭蕉の歩いた道
大聖寺
吉崎
細呂木
石川
金津
丸岡
松岡
福井
永平寺
福井
武生
湯尾峠
今庄
敦賀
疋田
岐阜
滋賀

◆1 人生《じんせい》は旅《たび》

[1]月日《つきひ》は[2]百代《はくたい》の過客《くわかく》にして、行《ゆ》きかふ年《とし》もまた旅人《たびびと》なり。舟《ふね》の上に生涯《しやうがい》を浮《う》かべ、馬《うま》の口《くち》とらへて老《お》いを迎《むか》ふる者《もの》は、日々《ひび》旅《たび》にして、旅《たび》を栖《すみか》とす。古人《こじん》も多《おほ》く旅《たび》に死《し》せるあり。予《よ》も、いづれの年《とし》よりか、片雲《へんうん》の風《かぜ》に誘《さそ》はれて、漂泊《へうはく》の思《おも》ひやまず、海浜《かいひん》にさすらへ、去年《こぞ》の秋《あき》、[3]江上《かうしやう》の破屋《はをく》に蜘蛛《くも》の古巣《ふるす》を払《はら》ひて、[4]やや年《とし》も暮《く》れ、春立《はるた》てる霞《かすみ》の空《そら》に、白河《しらかは》の関越《せきこ》えんと、そぞろ神《がみ》のものにつきて心《こころ》を狂《くる》はせ、道祖神《だうそじん》の招《まね》きにあひて取《と》るもの手《て》につかず、股引《ももひき》の破《やぶ》れをつづり、笠《かさ》の緒《を》付《つ》けかへて、三里《さんり》に灸《きう》すうるより、松《まつ》島《しま》の月《つき》まづ心《こころ》にかかりて、住《す》めるかたは人《ひと》に譲《ゆづ》り、[5]杉風《さんぷう》が別墅《べつしよ》に移《うつ》るに、

草《くさ》の戸《と》も住《す》み替《か》はる代《よ》ぞ雛《ひな》の家《いへ》

表八句《おもてはちく》を庵《いほり》の柱《はしら》に掛《か》け置《お》く。


1……「月日」の一語と解して、時間の意味。「月」と「日」の二語と解する説もある。

2……悠久の旅人。

3……隅田川のほとりの芭蕉庵のことをさす。

4……やがてそのうちに年が暮れて。

5……本名は杉山元雅。芭蕉の門人。日本橋の魚問屋。芭蕉の経済的後援者であった

◆2 旅立《たびだ》ち

弥生《やよひ》も末《すゑ》の七日《なぬか》、あけぼのの空朧々《そらろうろう》として、月《つき》は有明《ありあけ》にて光《ひかり》をさまれるものから、富士《ふじ》の峰《みね》幽《かす》かに見《み》えて、上野《うへの》・谷中《やなか》の花《はな》の梢《こずゑ》、またいつかはと心細《こころぼそ》し。むつまじき限《かぎ》りは宵《よひ》よりつどひて、舟《ふね》に乗《の》りて送《おく》る。[1]千住《せんぢゆ》といふ所《ところ》にて船《ふね》を上《あ》がれば、[2]前途《せんど》三千里《さんぜんり》の思《おも》ひ胸《むね》にふさがりて、幻《まぼろし》の巷《ちまた》に離別《りべつ》の涙《なみだ》をそそぐ。

行《ゆ》く春《はる》や鳥《とり》啼《な》き魚《うを》の目《め》は涙《なみだ》

これを[3]矢立《やたて》の初《はじ》めとして、行《ゆ》く道《みち》なほ進《すす》まず。人々《ひとびと》は途中《とちゆう》に立《た》ち並《なら》びて、後影《うしろかげ》の見《み》ゆるまではと、見送《みおく》るなるべし。


1……千住は日光街道最初の宿駅。文禄三年十一月、隅田川に最初に掛けられた橋。東北への街道とつながる重要な橋であった。

2……これからのはるかな旅路への感慨、という意味。

3……「矢立」は、携帯用の筆入れのこと。転じて、

ここでは旅吟の第一句目、という意味。

◆3 草加《そうか》の宿《しゆく》

ことし、元禄二年《げんろくふたとせ》にや、奥羽長途《あううちやうど》の行脚《あんぎや》ただかりそめに思《おも》ひ立《た》ちて、[1]呉天《ごてん》に白髪《はくはつ》の憾《うら》みを重《かさ》ぬといへども、耳《みみ》に触《ふ》れていまだ目《め》に見《み》ぬ境《さかひ》、もし生《い》きて帰《かへ》らばと、定《さだ》めなき頼《たの》みの末《すゑ》をかけ、その日《ひ》やうやう[2]草加《さうか》といふ宿《しゆく》にたどり着《つ》きにけり。瘦骨《そうこつ》の肩《かた》にかかれる物《もの》、まづ苦《くる》しむ。ただ身《み》すがらにと出《い》で立《た》ちはべるを、[3]紙子《かみこ》一衣《いちえ》は夜《よる》の防《ふせ》ぎ、浴衣《ゆかた》・雨具《あまぐ》・墨《すみ》・筆《ふで》のたぐひ、あるはさりがたき餞《はなむけ》などしたるは、さすがにうち捨《す》てがたくて、路次《ろし》の煩《わづら》ひとなれるこそわりなけれ。

1……呉国の空に降った雪が笠に積もり、それがそのまま白髪となってしまったと昔話にあるように、つらい旅の嘆きを重ねるのは覚悟しているのだけれど、という意味。中国宋代の詩話『詩人玉屑』に「笠は重し呉天の雪、鞋《くつ》は香し楚地の花」とあり、それを踏まえた謡曲「竹雪」の「いつを呉山にあらねども笠の重さよ、老いの白髪となりやせん」を心に置いた表現。

2……日光街道第二の宿駅。『曾良旅日記』によれば、実際には第一宿の地は春日部であった。

3……和紙で作られた着物。軽くて携帯に便利なため、旅によく利用された。

◆4 室《むろ》の八《や》島《しま》

[1]室《むろ》の八《や》島《しま》に詣《けい》す。同行《どうぎやう》[2]曾良《そら》がいはく、「この神《かみ》は木《こ》の花咲耶《はなさくや》姫《ひめ》の神《かみ》と申《まう》して、[3]富士《ふじ》一体《いつたい》なり。[4]無戸《うつ》室《むろ》に入《い》りて焼《や》きたまふ、誓《ちか》ひの御中《みなか》に、火々出見《ほほでみ》の尊《みこと》生《う》まれたまひしより、室《むろ》の八《や》島《しま》と申《まう》す。また煙《けぶり》をよみならはしはべるも、このいはれなり」。はた、[5]このしろといふ魚《うを》を禁《きん》ず。縁起《えんぎ》の旨《むね》、世《よ》に伝《つた》ふこともはべりし。

1……室の八島明神。歌枕のひとつで、煙にちなんだ歌を詠み慣わしてきた。現在の栃木県栃木市惣社町、大神神社をさす。

2……本名は岩波庄右衛門正字。芭蕉の弟子。吉川神道の創始者・吉川惟足に学び、神道に詳しい。『おくのほそ道』に随行して、『曾良旅日記』を書き残した。

3……祭神が富士山本宮浅間神社と同一であること

をいう。

4……四面を土で塗りかためて、出入口のない室のこと。

5……ニシン科の魚で、大きくないものはコハダという。戦国時代の教訓書『慈元抄』には、強引な縁談を嫌がる娘のため、人の焼ける匂いがするというこのしろを棺に沢山入れて焼き、娘を死んだことにして救った父の話が載る。これに因んで「このしろ」を「子の代」と呼び、室の八島明神では食べることを禁じていた。

◆5 日《につ》光《こう》

三十日《みそか》[1]、日光山《につくわうさん》の麓《ふもと》に泊《と》まる。あるじの言《い》ひけるやう、「わが名を仏五左衛門《ほとけござゑもん》といふ。よろづ正直《しやうぢき》を旨《むね》とするゆゑに、人《ひと》かくは申《まう》しはべるまま、一夜《いちや》の草《くさ》の枕《まくら》もうち解《と》けて休《やす》みたまへ」と言《い》ふ。いかなる仏《ほとけ》の濁世塵土《ぢよくせぢんど》に示現《じげん》して、かかる桑門《さうもん》の乞食巡礼《こつじきじゆんれい》ごときの人《ひと》を助《たす》けたまふにやと、あるじのなすことに心《こころ》をとどめて見《み》るに、ただ無智無分別《むちむふんべつ》にして、正直《しやうぢき》偏固《へんこ》の者《もの》なり。剛毅木訥《がうきぼくとつ》の仁《じん》に近《ちか》きたぐひ、気稟《きひん》[2]の清質《せいしつ》もつとも尊《たふと》ぶべし。

卯月朔日《うづきついたち》、御山《おやま》に詣拝《けいはい》す。往昔《そのかみ》、この御山《おやま》を「二荒山《ふたらさん》」と書《か》きしを、空海大師《くうかいだいし》[3]開基《かいき》の時《とき》、「日光《につくわう》」と改《あらた》めたまふ。千歳未来《せんざいみらい》を悟《さと》りたまふにや、今《いま》この御光《みひかり》一天《いつてん》にかかやきて、恩沢《おんたく》八荒《はつくわう》[4]にあふれ、四民安堵《しみんあんど》の栖穏《すみかおだ》やかなり。なほ憚《はばか》り多《おほ》くて、筆《ふで》をさし置《お》きぬ。

あらたふと青葉《あをば》若葉《わかば》の日《ひ》の光《ひかり》

1……元禄二年三月は二十九日までであった。実際には四月一日である。曾良の「衣更」の句に合わせ、日光山参拝を四月一日のことにするためと推量される。

2……気質、気前といった意味。

3……実際には延暦年間、勝道上人の開基。

4……東西南北と、その間の四つの方角のすみずみまで、という意味。

◆6 黒《くろ》髪《かみ》山《やま》

黒髪山《くろかみやま》は、霞《かすみ》かかりて、雪《ゆき》いまだ白《しろ》し。

剃《そ》り捨《す》てて黒《くろ》髪《かみ》山《やま》に衣更《ころもがへ》　曾良《そら》

曾良《そら》は、河合氏《かはひうぢ》にして、惣五郎《そうごらう》といへり。芭蕉《ばせう》の下葉《したば》に軒《のき》を並《なら》べて、予《よ》が薪水《しんすい》の労《らう》を助《たす》く。このたび、松島《まつしま》・象潟《きさがた》の眺《なが》めともにせんことを喜《よろこ》び、かつは羇《き》旅《りよ》の難《なん》をいたはらんと、旅立《たびだ》つ暁《あかつき》、髪《かみ》を剃《そ》りて、墨《すみ》染《ぞめ》にさまを変《か》へ、惣五《そうご》を改《あらた》めて宗悟《そうご》とす。よつて黒《くろ》髪山《かみやま》の句《く》あり。「衣更《ころもがへ》」の二字《にじ》、力《ちから》ありて聞《き》こゆ。

二十余町山《にじふよちやうやま》を登《のぼ》つて、滝《たき》あり。岩洞《がんとう》の頂《いただき》より飛流《ひりう》して百尺《はくせき》、千岩《せんがん》の碧潭《へきたん》に落《お》ちたり。岩窟《がんくつ》に身《み》をひそめ入《い》りて滝《たき》の裏《うら》より見《み》れば、裏見《うらみ》の滝《たき》と申《まう》し伝《つた》へはべるなり。

　しばらくは滝《たき》にこもるや夏《げ》の初《はじ》め

◆7 那須野《なすの》

那須《なす》の黒羽《くろばね》といふ所《ところ》に知《し》る人《ひと》あれば、これより野《の》越《ご》えにかかりて、直道《すぐみち》を行《ゆ》かんとす。遥《はる》かに一村《いつそん》を見《み》かけて行《ゆ》くに、雨降《あめふ》り日暮《ひく》るる。[1]農夫《のうふ》の家《いへ》に一夜《いちや》を借《か》りて、明《あ》くればまた野中《のなか》を行《ゆ》く。そこに野飼《のが》ひの馬《うま》あり。草刈《くさか》る男《をのこ》に嘆《なげ》き寄《よ》れば、野夫《やぶ》といへどもさすがに情《なさ》け知《し》らぬにはあらず。「いかがすべきや。されどもこの野《の》は縦横《じゆうわう》に分《わ》かれて、うひうひしき旅《たび》人《びと》の道踏《みちふ》みたがへん、あやしうはべれば、この馬《うま》のとどまる所《ところ》にて馬《うま》を返《かへ》したまへ」と、貸《か》しはべりぬ。小《ち》さき者《もの》ふたり、馬《うま》の跡慕《あとした》ひて走《はし》る。ひとりは小姫《こひめ》にて、名《な》を「かさね」といふ。聞《き》きなれぬ名《な》のやさしかりければ、

　[2]かさねとは八重撫子《やへなでしこ》の名《な》なるべし　曾良《そら》

やがて人里《ひとざと》に至《いた》れば、価《あたひ》を鞍壺《くらつぼ》に結《むす》び付《つ》けて馬《うま》を返《かへ》しぬ。

1……『曾良旅日記』によれば、生玉村の名主の家のこと。

2……この句は芭蕉の代作ともいわれる。

◆8 黒羽《くろばね》

黒羽《くろばね》の館代浄坊寺何某《くわんだいじやうばうじなにがし》のかたにおとづる。思《おも》ひかけぬあるじの喜《よろこ》び、日夜語《にちやかた》り続《つづ》けて、その[1]弟桃翠《おとうとたうすい》などいふが、朝夕勤《てうせきつと》め訪《とぶら》ひ、自《みづか》らの家《いへ》にも伴《ともな》ひて、親《しん》族《ぞく》のかたにも招《まね》かれ、日《ひ》を経《ふ》るままに、一日郊外《ひとひかうぐわい》に逍遥《せうえう》して、[2]犬追物《いぬおふもの》の跡《あと》を一見《いつけん》し、[3]那須《なす》の篠原《しのはら》を分《わ》けて、[4]玉藻《たまも》の前《まへ》の古墳《こふん》を訪《と》ふ。それより八幡宮《はちまんぐう》に詣《まう》づ。[5]与市扇《よいちあふぎ》の的《まと》を射《い》し時《とき》、「別《べつ》してはわが国《くに》の氏神正《うぢがみしやう》八幡《はちまん》」と誓《ちか》ひしも、この神社《じんじや》にてはべると聞《き》けば、感応殊《かんのうこと》にしきりにおぼえらる。暮《く》るれば桃翠宅《たうすいたく》に帰《かへ》る。修験《しゆげん》[6]光明寺《くわうみやうじ》といふあり。そこに招《まね》かれて、

行者堂《ぎやうじやだう》を拝《はい》す。

夏山《なつやま》に足駄《あしだ》を拝《をが》む首途《かどで》かな

1……正しくは「翠桃」。

2……囲いの中に放った犬を、騎馬で追い回して射る競技。帝に命じられて妖狐退治に来た三浦介義明・千葉介常胤・上総介広常が、ここで弓矢の修練を積んだと伝えられる。

3……源実朝の和歌「もののふの矢並つくろふ籠手の上に霰たばしる那須の篠原」に由来する歌枕。

4……金色九尾の妖狐が女に化け、「玉藻の前」として帝の后となったが、正体を暴かれて那須野に追い詰められ、射殺されて殺生石になったという伝説。現在は篠原玉藻稲荷神社がある。

5……八島の合戦で、平家軍の扇の的をみごと射たことで有名な弓の名手。『平家物語』にみられる話。

6……現存しておらず、跡地となっている。行者堂には、修験道の開祖・役行者の、足駄（高下駄）を履いた像が祀ってあった。

◆9 雲巌寺《うんがんじ》

当国《たうごく》[1]雲巌寺《うんがんじ》の奥《おく》に[2]仏頂和尚山居《ぶつちやうをしやうさんきょ》の跡《あと》あり。

竪横《たてよこ》の五尺《ごしやく》にたらぬ草《くさ》の庵《いほ》

結《むす》ぶもくやし雨《あめ》なかりせば

と、松《まつ》の炭《すみ》して岩《いは》に書《か》き付《つ》けはべりと、いつぞや聞《き》こえたまふ。その跡見《あとみ》んと、雲巌寺《うんがんじ》に杖《つゑ》を曳《ひ》けば、人々進《ひとびとすす》んでともにいざなひ、若《わか》き人多《ひとおほ》く道《みち》のほどうち騒《さわ》ぎて、おぼえずかの麓《ふもと》に到《いた》る。山《やま》は奥《おく》ある気色《けしき》にて、谷道遥《たにみちはる》かに、松《まつ》・杉黒《すぎくろ》く、苔《こけ》したたりて、卯《う》月《づき》の天今《てんいま》なほ寒《さむ》し。[3]十景尽《じつけいつ》くる所《ところ》、橋《はし》を渡《わた》つて山門《さんもん》に入《い》る。

さて、かの跡《あと》はいづくのほどにやと、後《うしろ》の山《やま》によぢ登《のぼ》れば、石上《せきしやう》の小庵《せうあん》、岩窟《がんくつ》に結《むす》び掛《か》けたり。[4]妙禅《めうぜん》師《じ》の死関《しくわん》、[5]法雲法師《ほふうんほふし》の石室《せきしつ》を見《み》るがごとし。

木啄《きつつき》も庵《いほ》は破《やぶ》らず夏木立《なつこだち》

と、とりあへぬ一句《いつく》を柱《はしら》に残《のこ》しはべりし。

1……臨済宗妙心寺派の古刹。

2……常陸国・鹿島根本寺の住職。深川の臨川寺に滞在中、芭蕉と知り合った。芭蕉参禅の師とされる。

3……霊石之竹林、海岩閣、十梅林、竜雲洞、玉几峰、鉢盂峰、玲瓏岩、千丈岩、飛雪亭、水分石の、十の景勝をさす。

4……中国・宋の時代の禅僧。杭州天目山の張公洞に入り、「死関」と書かれた額を掲げて十五年間門外に出なかったと伝えられる。

5……中国・南朝梁図時代の高僧。庵を孤岩に結んで終日談論して倦まなかったという。

◆10 殺生石《せつしようせき》・蘆野《あしの》の柳《やなぎ》

これより殺生石《せつしやうせき》に行《ゆ》く。館代《くわんだい》より馬《うま》にて送《おく》らる。この口付《くちづ》きの男《をのこ》「短冊得《たんじやくえ》させよ」と乞《こ》ふ。やさしきことを望《のぞ》みはべるものかなと、

野《の》を横《よこ》に馬引《うまひ》き向《む》けよほととぎす

殺生石《せつしやうせき》は温泉《いでゆ》の出《い》づる山陰《やまかげ》にあり。石《いし》の毒気《どくき》いまだ滅《ほろ》びず、蜂《はち》・蝶《てふ》のたぐひ、真砂《まさご》の色《いろ》の見《み》えぬほど重《かさ》なり死《し》す。

また、清水流《しみづなが》るるの柳《やなぎ》は、蘆野《あしの》の里《さと》にありて、田《た》の畔《くろ》に残《のこ》る。この所《ところ》の郡守戸部某《ぐんしゆこほうなにがし》の「この柳見《やなぎみ》せばや」など、をりをりにのたまひ聞《き》こえたまふを、いづくのほどにやと思《おも》ひしを、今日《けふ》この柳《やなぎ》の陰《かげ》にこそ立《た》ち寄《よ》りはべりつれ。

田《た》一枚《いちまい》植《う》ゑて立《た》ち去《さ》る柳《やなぎ》かな

◆11 白《しら》河《かわ》の関《せき》

心《こころ》もとなき日数重《ひかずかさ》なるままに、白河《しらかは》の関《せき》にかかりて旅心《たびごころ》定《さだ》まりぬ。[1]「いかで都《みやこ》へ」と便《たよ》り求《もと》めしもことわりなり。中《なか》にもこの関《せき》は[2]三関《さんくわん》の一《いつ》にして、[3]風騒《ふうさう》の人《ひと》、[4]心《こころ》をとどむ。[5]秋風《あきかぜ》を耳《みみ》に残《のこ》し、[6]紅葉《もみぢ》を俤《おもかげ》にして、青葉《あをば》の梢《こずゑ》なほあはれなり。卯《う》の花《はな》の白妙《しろたへ》に、茨《むばら》の花《はな》の咲《さ》き添《そ》ひて、雪《ゆき》にも越《こ》ゆる心地《ここち》ぞする。古人《こじん》冠《かんむり》を正《ただ》し衣装《いしやう》を改《あらた》めしことなど、[7]清輔《きよすけ》の筆《ふで》にもとどめ置《お》かれしとぞ。

卯《う》の花《はな》をかざしに関《せき》の晴《は》れ着《ぎ》かな　曾良《そら》

1……平兼盛の歌「便りあらばいかで都へ告げやらむけふ白河の関は越えぬと」（『拾遺集』）を踏まえた表現。

2……陸奥国の白河の関、勿来の関、出羽国の勿来の関をさす。

3……詩文に遊ぶ人。

4……西行の和歌「白河の関屋を月のもるかげは人の心をとむるなりけり」（『山家集』）を踏まえ

た表現。

5……能因法師の和歌「都をば霞とともに立ちしかど秋風ぞ吹く白河の関」（『後拾遺集』）を踏まえた表現。

6……源頼政の和歌「都にはまだ青葉にて見しかども紅葉散りしく白河の関」（『千載和歌集』）を踏まえた表現。

7……藤原清輔『袋草紙』にある故事をさす。竹田大夫国行という者が、白河の関を越えるとき、冠をただし装束をあらためて、歌枕に敬意を表したという。

◆12 須賀川《すかがわ》・栗《くり》の花《はな》

とかくして越《こ》え行《ゆ》くままに、阿武隈川《あふくまがは》[1]を渡《わた》る。左《ひだり》に会津根《あひづね》高《たか》く、右《みぎ》に岩城《いはき》・相馬《さうま》・三春《みはる》の庄《しやう》、常陸《ひたち》・下野《しもつけ》の地《ち》をさかひて山連《やまつら》なる。影沼《かげぬま》といふ所《ところ》を行《ゆ》くに、今日《けふ》は空曇《そらくも》りて物影《ものかげ》映《うつ》らず。

須賀川《すかがは》の駅《えき》に等窮《とうきゆう》[2]といふ者《もの》を尋《たづ》ねて、四五日《しごにち》とどめらる。まづ「白河《しらかは》の関《せき》いかに越《こ》えつるや」と問《と》ふ。「長途《ちやうど》の苦《くる》しみ、身心疲《しんじんつか》れ、かつは風景《ふうけい》に魂奪《たましひうば》はれ、懐旧《くわいきう》に腸《はらわた》を断《た》ちて、はかばかしう思《おも》ひめぐらさず。

風流《ふうりう》の初《はじ》めや奥《おく》の田植《たう》ゑ歌《うた》

むげに越《こ》えんもさすがに」と語《かた》れば、脇《わき》・第三《だいさん》と続《つづ》けて、三巻《みまき》となしぬ。

この宿《しゆく》のかたはらに、大《おほ》きなる栗《くり》の木陰《こかげ》を頼《たの》みて、世《よ》をいとふ僧《そう》あり。橡拾《とちひろ》ふ太山《みやま》もかくやと閑《しづ》かにおぼえられて、ものに書《か》き付《つ》けはべる、その詞《ことば》、

栗《くり》といふ文字《もんじ》は、西《にし》[3]の木《き》と書《か》きて、西方浄土《さいはうじやう》に便《たよ》りありと、行基菩薩《ぎやうぎぼさつ》[4]の一生杖《いつしやうつゑ》にも柱《はしら》にもこの木《き》を用《もち》ゐたまふとかや。

世《よ》の人《ひと》の見付《みつ》けぬ花《はな》や軒《のき》の栗《くり》

1……現在の福島県、宮城県を流れる川。

2……正しくは等躬。本名は相楽伊左衛門。須賀川宿の駅長をつとめていたとされる。

3……栗という字は上・下に分けると「西の木」となるため、西方浄土にかかわりがある木だとされていた。

4……奈良時代の高僧。諸国を行脚して、民衆に説法した。行基が栗の木の杖を用いていたことについては、定かではない。

◆13 浅香山《あさかやま》

等窮《とうきゆう》が宅《たく》を出でて五里《ごり》ばかり、[1]檜皮《ひはだ》の宿《しゆく》を離《はな》れて、浅香山《あさかやま》あり。道《みち》より近《ちか》し。このあたり沼多《ぬまおほ》し。[2]かつみ刈《か》るころもやや近《ちか》うなれば、いづれの草《くさ》を花《はな》がつみとはいふぞと、人々《ひとびと》に尋《たづ》ねはべれども、さらに知《し》る人《ひと》なし。沼《ぬま》を尋《たづ》ね、人《ひと》に問《と》ひ、「かつみかつみ」と尋《たづ》ね歩《あり》きて、日《ひ》は山《やま》の端《は》にかかりぬ。二本松《にほんまつ》より右《みぎ》に切《き》れて、[3]黒塚《くろづか》の岩屋《いはや》一見《いつけん》し、福島《ふくしま》に宿《やど》る。

1……仙台松前街道の宿駅。現在の福島県郡山市日和田町をさす。

2……現在では真菰のこととする説が一般的。ほかに、花菖蒲、あやめであるという説もあり、芭蕉の頃には実体がわからなくなっていた。

3……旅人を殺して食べる鬼女が棲むといわれた岩屋。謡曲『安達が原』で有名。「一見」は謡曲に頻出する表現で、読者に安達が原の世界を想起させる狙いがある。

◆14 信夫《しのぶ》の里《さと》

明《あ》くれば、[1]しのぶもぢ摺《ず》りの石《いし》を尋《たづ》ねて、信夫《しのぶ》の里《さと》に行《ゆ》く。遥《はる》か山陰《やまかげ》の小里《こざと》に、石半《いしなか》ば土《つち》に埋《うづ》もれてあり。里《さと》のわらべの来《き》たりて教《をし》へける、「昔《むかし》はこの山《やま》の上《うへ》にはべりしを、往来《ゆきき》の人《ひと》の麦草《むぎくさ》を荒《あ》らしてこの石《いし》を試《こころ》みはべるを憎《にく》みて、この谷《たに》に突《つ》き落《お》とせば、石《いし》の面《おもて》、下《した》ざまに伏《ふ》したり」といふ。さもあるべきことにや。

早苗《さなへ》とる手《て》もとや昔《むかし》しのぶ摺《ず》り

1……源融の「みちのくのしのぶもぢ摺たれゆゑに乱れむと思ふわれならなくに」（『古今集』）で知られる歌枕。

◆15 飯塚《いいづか》の里《さと》

月《つき》の輪《わ》の渡《わた》しを越《こ》えて、[1]瀬《せ》の上《うへ》といふ宿《しゆく》に出《い》づ。佐藤庄司《さとうしやうじ》が旧跡《きうせき》は、左《ひだり》の山際《やまぎは》一里半《いちりはん》ばかりにあり。飯塚《いひづか》の里《さと》鯖野《さばの》と聞《き》きて、尋《たづ》ねたづね行《ゆ》くに、丸山《まるやま》といふに尋《たづ》ねあたる。これ、庄司《しやうじ》が旧館《きうくわん》なり。麓《ふもと》に大手《おほて》の跡《あと》など、人《ひと》の教《をし》ふるにまかせて涙《なみだ》を落《お》とし、またかたはらの古寺《ふるでら》に一家《いつけ》の石碑《せきひ》を残《のこ》す。中《なか》にも、[2]ふたりの嫁《よめ》がしるし、まづあはれなり。女《をんな》なれどもかひがひしき名《な》の世《よ》に聞《き》こえつるものかなと、袂《たもと》をぬらしぬ。[3]堕涙《だるい》の石碑《せきひ》も遠《とほ》きにあらず。寺《てら》に入《い》りて茶《ちや》を乞《こ》へば、ここに義経《よしつね》の太刀《たち》・弁慶《べんけい》が笈《おひ》をとどめて什物《じふもつ》とす。

笈《おひ》も太刀《たち》も五月《さつき》に飾《かざ》れ紙幟《かみのぼり》

1……仙台松前街道の宿駅。現在の福島市瀬上町。

2……継信と忠信、それぞれの妻の墓標や墓石をさすと考えられる。だが、墓標などは医王寺には存在しない。翌日に訪問した犀川の甲冑堂に納められた二人の像のことか。

3……中国晋の時代、襄陽の大守・羊祜《ようこ》の没後、徳を慕って人々が建てたという碑。見る者がみな涙したことから、詩人の杜預が「堕涙の石碑」と名づけた。

◆16　飯塚《いいづか》

五月朔日《さつきついたち》のことなり。その夜《よ》、飯塚《いひづか》に泊《と》まる。温泉《いでゆ》あれば湯《ゆ》に入《い》りて宿《やど》を借《か》るに、[1]土座《どざ》に莚《むしろ》を敷《し》きて、[2]あやしき貧家《ひんか》なり。灯《ともしび》もなければ、囲炉裏《ゐろり》の火《ほ》かげに寝所《しんじよ》を設《まう》けて臥《ふ》す。夜《よ》に入《い》りて雷鳴《かみな》り、雨《あめ》しきりに降《ふ》りて、臥《ふ》せる上《うへ》より漏《も》り、蚤《のみ》・蚊《か》にせせられて眠《ねぶ》らず、持病《ぢびやう》さへおこりて、消《き》え入《い》るばかりになん。短夜《みじかよ》の空《そら》もやうやう明《あ》くれば、また旅立《たびだ》ちぬ。なほ[3]夜《よる》のなごり、心進《こころすす》まず。馬借《うまか》りて[4]桑折《こをり》の駅《えき》に出《い》づる。遥《はる》かなる行末《ゆくすゑ》をかかへて、かかる病《やまひ》おぼつかなしといへど、[5]羇旅辺土《きりよへんど》の行脚《あんぎや》、[6]捨身無常《しやしんむじやう》の観念《くわんねん》、道路《だうろ》に死《し》なん、これ天《てん》の命《めい》なりと、気力《きりよく》いささかとり直《なほ》し、道縦横《みちじゆうわう》に踏《ふ》んで、[7]伊達《だて》の大木戸《おほきど》を越《こ》す。


1……土間のこと。

2……粗末な、の意味。

3……昨晩受けた苦痛の名残の意味。

4……仙台松前街道の宿駅。飯坂温泉から東に約八キロの位置にある。現在の福島県伊達郡桑折町をさす。

5……辺鄙な片田舎の旅の意味。

6……世の無常を悟り、いつ死ぬかわからないことを覚悟している、という意味。

7……藤原秀衡の奥州軍が、源頼朝率いる鎌倉軍を迎え撃つために設けた柵のこと。佐藤庄司の古戦場であった。芭蕉が訪れた当時、柵は残っておらず、厚樫山から阿武隈川にかけて設けられた空堀がその名残だった。現在の福島県伊達郡国見町大木戸。

◆17　笠島《かさしま》

[1]鐙摺《あぶみずり》・[2]白石《しろいし》の城《しろ》を過《す》ぎ、笠島《かさしま》の郡《こほり》に入《い》れば、[3]藤中将実方《とうのちゆうじやうさねかた》の塚《つか》はいづくのほどならんと、人《ひと》に問《と》へ

ば、「これより遥《はる》か右《みぎ》に見《み》ゆる山際《やまぎは》の里《さと》を、[4]蓑輪《みのわ》・笠島《かさしま》といひ、[5]道祖神《だうそじん》の社《やしろ》・形見《かたみ》の薄《すすき》今《いま》にあり」と教《をし》ふ。このごろの五月雨《さみだれ》に道《みち》いとあしく、身《み》疲《つか》れはべれば、よそながら眺《なが》めやりて過《す》ぐるに、蓑輪《みのわ》・笠《かさ》島《しま》も五月雨《さみだれ》のをりに触《ふ》れたりと、

笠島《かさしま》はいづこ五月《さつき》のぬかり道《みち》

1……田村神社の南側に位置し、奥州街道最大の難所といわれた。平泉に向かう義経が、あまりの狭さに岩で鐙を摺ったという伝説がある。

2……現在の白石市。当時は伊達家臣片倉小十郎景綱一万六千五石の城下街であった。

3……藤原行成との口論がきっかけで奥州へ左遷された公卿歌人。

4……現在の宮城県名取市高舘川上に位置する。笠島からはほぼ一里の距離がある。箕輪・笠島と並べたのは、ともに「五月雨」に縁のある地名のため。

5……この前を通過するとき、実方が下馬しなかったため、神罰が下って落馬して死んだと伝えられる。

◆18 武隈《たけくま》の松《まつ》

[1]岩沼《いはぬま》に宿《やど》る。

[2]武隈《たけくま》の松《まつ》にこそ目《め》さむる心地《ここち》はすれ。根《ね》は土際《つちぎは》より二木《ふたき》に分《わ》かれて、昔《むかし》の姿失《すがたうしな》はずと知《し》らる。まづ[3]能《のう》因法師《いんほふし》思《おも》ひ出《い》づ。往昔《そのかみ》、[4]陸奥守《むつのかみ》にて下《くだ》りし人《ひと》、この木《き》を伐《き》りて[5]名取川《なとりがは》の橋杭《はしぐひ》にせられたることなどあればにや、「松《まつ》はこのたび跡《あと》もなし」とは詠《よ》みたり。代々《よよ》、あるは伐《き》り、あるいは植《う》ゑ継《つ》ぎなどせしと聞《き》くに、今《いま》はた千歳《ちとせ》の形整《かたちとと》のひて、めでたき松《まつ》の気色《けしき》になんはべりし。

武隈《たけくま》の松《まつ》見《み》せ申《まう》せ遅桜《おそざくら》

と、[6]挙白《きよはく》といふ者《もの》の餞別《せんべつ》したりければ、

[7]桜《さくら》より松《まつ》は二木《ふたき》を三月《みつき》越《ご》し

1……仙台松前街道の宿駅。現在の宮城県岩沼市。

2……岩沼の竹駒神社の西北にある歌枕。

3……平安末期の歌人。三十六歌仙のひとり。芭蕉の憧憬する先人の一人であった。

4……陸奥守藤原孝義を指す。

5……名取川は仙台の南、名取平野を東流する。歌枕。孝義が武隈の松を伐採して橋の材料にし

たことは伝わるが、それを名取川のものとしたのは、芭蕉の独創である。

6……芭蕉の古くからの門人。江戸の商人で、陸奥国の出身と考えられる。

7……「待つ」に「松」、「見つ」に「三月」が掛けられている等、技巧を駆使した句。

◆19 宮城野《みやぎの》

[1]名取川《なとりがは》を渡《わた》つて仙台《せんだい》に入《い》る。[2]あやめ葺《ふ》く日《ひ》なり。旅宿《りよしゆく》を求《もと》めて、四五日《しごにちとうりう》逗留す。ここに[3]画工《ぐわこう》加右衛門《かゑもん》といふ者《もの》あり。いささか心《こころ》ある者《もの》と聞《き》きて、知《し》る人《ひと》になる。この者《もの》、年《とし》ごろ定《さだ》かならぬ名所《などころ》を考《かんが》へ置《お》きはべればとて、一日《ひとひ》案内《あない》す。宮城野《みやぎの》の萩茂《はぎしげ》り合《あ》ひて、秋《あき》の気色《けしき》思《おも》ひやらるる。玉田《たまだ》・横野《よこの》、躑躅《つつじ》が岡《をか》はあせび咲《さ》くころなり。日影《ひかげ》も漏《も》らぬ松《まつ》の林《はやし》に入《い》りて、ここを木《き》の下《した》といふとぞ。昔《むかし》もかく露深《つゆふか》ければこそ、「みさぶらひみかさ」とは詠《よ》みたれ。[4]薬師堂《やくしだう》・[5]天神《てんじん》の御社《みやしろ》など拝《をが》みて、その日《ひ》は暮《く》れぬ。なほ、松島《まつしま》・塩竈《しほがま》の所々《ところどころ》、画《ゑ》に書《か》きて贈《おく》る。かつ、紺《こん》の染緒《そめを》付《つ》けたる草鞋《わらぢに》二足《そくはなむけ》餞す。さればこそ、風流《ふうりう》のしれ者《もの》、ここに至《いた》りてその実《じつ》を顕《あらは》す。

あやめ草《ぐさ》足《あし》に結《むす》ばん草鞋《わらぢ》の緒《を》

かの画図《ゑづ》にまかせてたどり行《ゆ》けば、[6]奥《おく》の細道《ほそみち》の山《やま》際《ぎは》に、[7]十符《とふ》の菅《すげ》あり。今《いま》も年々《としどし》十符《とふ》の菅菰《すがごも》を調《ととの》へて国守《こくしゆ》に献《けん》ずといへり。

1……実際には仙台との境には広瀬川があるが、歌枕である名取川を重視してこのような表現になった。

2……端午の節句の前日には、邪気を払うため、菖蒲を腰や手につけるまじないが行われた。

3……正しくは嘉右衛門。俳諧書林を営む。大淀三千風の高弟。

4……伊達政宗が国分寺跡に建立した寺院。

5……伊達綱村が建立した天満宮。

6……現在の仙台市岩切の東光寺門前付近、冠川沿いにあった街道。近世、伊達綱村が仙台藩藩主のとき、大淀三千風らによって再整備された。『おくのほそ道』の題名はここに由来するが、紀行文の題名としての「おくのほそ道」は、より広い意味での「奥州路」であり、加えて象徴的な意味合いも持つ。

7……編み目が十筋ある菰を作る材料となる菅。

◆20 壺《つぼ》の碑《いしぶみ》

[1]壺《つぼ》の碑《いしぶみ》　市川村《いちかはむら》多賀城《たがじやう》にあり。

壺《つぼ》の石《いし》ぶみは、高《たか》さ六尺余《ろくしやくよ》、横三尺《よこさんじやく》ばかりか。苔《こけ》を穿《うが》ちて文字《もんじ》幽《かす》かなり。[2]四維国界《しゆいこくかい》の数里《すうり》を記《しる》す。「この城《しろ》、[3]神亀元年《じんきぐわんねん》、[4]按察使《あぜち》　[5]鎮守府将軍《ちんじゆふしやうぐん》　[6]大野朝臣《おほののあそん》東人之所置《あづまひとのおくところなり》也。[7]天平《てんぴやう》　宝字《ほうじ》六年《ろくねん》、参議《さんぎ》　[8]東海東山節度使《とうかいとうさんのせつどし》、同《おな》じく将軍《しやうぐん》　[9]恵美朝臣朝獦《ゑみのあそんあさかり》の修造《しゆざう》にして。十二月朔日《じふにぐわつついたち》」とあり。聖武皇帝《しやうむくわうてい》の御時《おほんとき》に当《あ》たれり。

昔《むかし》より詠《よ》み置《お》ける歌枕多《うたまくらおほ》く語《かた》り伝《つた》ふといへども、山崩《やまくづ》れ、川流《かはなが》れて、道改《みちあらた》まり、石《いし》は埋《うづ》もれて土《つち》に隠《かく》れ、木《き》は老《お》いて若木《わかき》に代《か》はれば、時移《ときうつ》り、代変《よへん》じて、その跡《あと》たしかならぬことのみを、ここに至《いた》りて疑《うたが》ひなき千歳《せんざい》の記念《かたみ》、今眼前《いまがんぜん》に古人《こじん》の心《こころ》を閲《けみ》す。行脚《あんぎや》の一徳《いつとく》、存命《ぞんめい》の喜《よろこ》び、羇旅《きりよ》の労《らう》を忘《わす》れて、涙《なみだ》も落《お》つるばかりなり。

1……陸奥七戸の北の坪村にあったとされる「ツボの碑」を指すという説もある。
2……四方の隅の国境までの里数、の意。
3……西暦七二四年。聖武天皇が即位した年。
4……地方の政治を視察する役職。
5……蝦夷を抑えるために置かれた役所。
6……奈良時代の武人。蝦夷と戦い、多賀城を築いた。
7……西暦七六二年。淳仁帝の御代。
8……東海道・東山道の兵政を司るため臨時に派遣された役職。
9……奈良時代の公卿。恵美押勝（藤原仲麻呂）の子。

◆21 末《すゑ》の松山《まつやま》・塩竈《しおがま》の浦《うら》

それより野田《のだ》の玉川《たまがは》・沖《おき》の石《いし》を尋《たづ》ぬ。末《すゑ》の松山《まつやま》は、寺《てら》を造《つく》りて末松山《まつしようざん》といふ。松《まつ》の間々皆墓原《あひあひみなはかはら》にて、[1]翼《はね》を交《か》はし枝《えだ》を連《つら》ぬる契《ちぎ》りの末《すゑ》も、つひにはかくのごときと、悲《かな》しさもまさりて、[2]塩竈《しほがま》の浦《うら》に入相《いりあひ》の鐘《かね》を聞《き》く。五月雨《さみだれ》の空《そら》いささか晴《は》れて、夕月夜《ゆふづくよ》幽《かす》かに、[3]籬《まがき》が島《しま》もほど近《ちか》し。蜑《あま》の小舟《をぶね》漕《こ》ぎ連《つ》れて、肴分《さかなわ》かつ声々《こゑごゑ》に[4]「つなでかなしも」と詠《よ》みけん心《こころ》も知《し》られて、いとどあはれなり。その夜《よ》、目盲法師《めくらほふし》の、琵琶《びは》を鳴《な》らして、[5]奥浄瑠璃《おくじやうるり》といふものを語《かた》る。[6]平家《へいけ》にもあらず、[7]舞《まひ》にもあらず、ひなびたる調子《てうし》うち上《あ》げて、枕近《まくらちか》うかしましけれど、さすがに辺土《へんど》の遺風《ゐふう》忘《わす》れざるものから、殊勝《しゅしょう》におぼえらる。


1……いわゆる「比翼連理の契り」の意。

2……歌枕。千賀の浦ともいう。

3……歌枕。塩釜港のそばの小島。「わがせこを都にやりて塩竈の籬が島の松ぞ恋しき　読み人知らず」(『古今集』)に拠る。

4……「陸奥はいづくはあれど塩竈の浦漕ぐ舟の綱手かなしも　読み人知らず」(『古今集』)を踏まえた表現。

5……仙台地方特有の古浄瑠璃の一種。仙台浄瑠璃、御国浄瑠璃ともいう。

6……平家琵琶、平曲の意。

7……幸若舞。

◆22 塩竈神社《しおがまじんじゃ》

早朝《さうてう》、塩竈《しほがま》の明神《みやうじん》に詣《まう》づ。[1]国守再興《こくしゅさいこう》せられて、宮《みや》柱《ばしら》ふとしく、彩椽《さいてん》きらびやかに、石《いし》の階《きざはし》[2]九仞《きうじん》に重《かさ》なり、朝日《あさひ》朱《あけ》の玉垣《たまがき》をかかやかす。かかる道《みち》の果《は》て、塵土《ぢんど》の境《さかひ》まで、[3]神霊《しんれい》あらたにましますこそわが国《くに》の風俗《ふうぞく》なれと、いと貴《たふと》けれ。

神前《しんぜん》に古《ふる》き宝灯《ほうとう》あり。鉄《かね》の扉《とびら》の面《おもて》に「文治三年《ぶんぢさんねん》和泉三郎寄進《いづみのさぶらうきしん》」とあり。五百年来《ごひやくねんらい》の俤《おもかげ》、今目《いまめ》の前《まへ》に浮《う》かびて、そぞろに珍《めづら》し。かれは勇義忠孝《ゆうぎちゆうかう》の士《し》なり。まことに佳名今《かめいいま》に至《いた》りて慕《した》はずといふことなし。「人《ひと》よく道《みち》を勤《つと》め、義《ぎ》を守《まも》るべし。名《な》もまたこれに従《したが》ふ」といへり。日《ひ》すでに午《ご》に近《ちか》し。船《ふね》を借《か》りて松《まつ》島《しま》に渡《わた》る。その間《かん》二里余《にりよ》、[4]雄島《をじま》の磯《いそ》に着《つ》く。


1……慶長十二年、藩主伊達政宗によって再建された。

2……きわめて高いことをいう。

3……神様のご利益。

4……松島の瑞巌寺そばの小島。歌枕。

◆23 松島《まつしま》

そもそも、[1]ことふりにたれど、松島《まつしま》は[2]扶桑第一《ふさうだいいち》の好風《かうふう》にして、およそ[3]洞庭《どうてい》・[4]西湖《せいこ》を恥《は》ぢず。東南《とうなん》より海《うみ》を入《い》れて、江《え》の中三里《うちさんり》、浙江《せつかう》の潮《うしほ》を湛《たた》ふ。島々《しまじま》の数《かず》を尽《つ》くして、欹《そばだ》つものは天《てん》を指《ゆび》さし、伏《ふ》すものは波《なみ》に匍匐《はらば》ふ。あるは二重《ふたへ》に重《かさ》なり三重《みへ》に畳《たた》みて、左《ひだり》に分《わ》かれ右《みぎ》に連《つら》なる。負《お》へるあり、抱《いだ》けるあり。[5]児《じ》孫愛《そんあい》すがごとし。松《まつ》の緑《みどり》[6]こまやかに、枝葉潮風《しえふしほかぜ》に吹《ふ》きたわめて、屈曲《くつきよく》おのづから矯《た》めたるがごとし。[7]その気色窅然《けしきえうぜん》として、美人《びじん》の顔《かんばせ》を粧《よそほ》ふ。ちはやぶる神《かみ》の昔《むかし》、大山祇《おほやまづみ》のなせるわざにや。造化《ざうくわ》の天工《てんこう》、いづれの人《ひと》か筆《ふで》をふるひ、詞《ことば》を尽《つ》くさむ。


1……先人によって言い古されていることだが、の意味。

2……日本随一の好風景の意味。

3……中国湖南省の大湖。景勝地として、詩や画に多く登場する。

4……中国浙江省の湖。「西湖十景」は詩題や画題として名高い。特に蘇東坡の詩「西湖」で知られる。

5……子や孫を愛でて抱きしめているようだ、の意味。

6……色が濃いさまを言う。

7……その景色はほれぼれとするほど美しく、美人の顔をいっそう美しく化粧したようである、の意味。

◆24 雄《お》島《じま》が磯《いそ》・瑞《ずい》巌《がん》寺《じ》

雄島《をじま》が磯《いそ》は、地続《ちつづ》きて海《うみ》に出《い》でたる島《しま》なり。雲居《うんご》禅師《ぜんじ》の別室《べつしつ》の跡《あと》、坐禅石《ざぜんせき》などあり。はた、松《まつ》の木陰《こかげ》に世《よ》をいとふ人《ひと》もまれまれ見《み》えはべりて、落穂《おちぼ》・松笠《まつかさ》などうち煙《けぶ》りたる[1]草《くさ》の庵《いほり》、閑《しづ》かに住《す》みなし、いかなる人《ひと》とは知《し》られずながら、まづなつかしく立《た》ち寄《よ》るほどに、月《つき》、海《うみ》に映《うつ》りて、昼《ひる》の眺《なが》めまた改《あらた》む。江上《かうしやう》に帰《かへ》りて宿《やど》を求《もと》むれば、窓《まど》を開《ひら》き二階《にかい》を作《つく》りて、風雲《ふううん》の中《なか》に旅寝《たびね》するこそ、あやしきまで妙《たへ》なる心地《ここち》はせらるれ。

[2]松島《まつしま》や鶴《つる》に身《み》を借《か》れほととぎす　曾良《そら》

予《よ》は口《くち》を閉《と》ぢて眠《ねぶ》らんとしていねられず。旧庵《きうあん》を別《わか》るる時《とき》、[3]素堂《そだう》、松島《まつしま》の詩《し》あり。[4]原安適《はらあんてき》、松《まつ》が浦島《うらしま》の和歌《わか》を贈《おく》らる。袋《ふくろ》を解《と》きて今宵《こよひ》の友《とも》とす。かつ、杉風《さんぷう》・[5]濁子《ぢよくし》が発句《ほつく》あり。

十一日《じふいちにち》、瑞巌寺《ずいがんじ》に詣《まう》づ。当寺《たうじ》三十二世《さんじふにせい》の昔《むかし》、真壁《まかべ》の平四郎《へいしらう》、出家《しゆつけ》して入唐《につたう》、帰朝《きてう》の後《のち》開山《かいさん》す。その後《のち》に雲居禅師《うんごぜんじ》の徳化《とくげ》によりて、七堂甍改《しちだういらかあらた》まりて、金壁《こんぺき》荘厳《しやうごん》光《ひかり》をかかやかし、仏土《ぶつど》成就《じやうじゆ》の大伽藍《だいがらん》とはなれりける。かの見仏聖《けんぶつひじり》の寺《てら》はいづくにやと慕《した》はる。


1……松吟庵をさす。

2……祐盛法師が「寒夜千鳥」で「千鳥も着けり鶴

の毛衣」という和歌を詠んだという、鴨長明『無明抄』に見られる話を踏まえた句。

3……山口素堂のこと。芭蕉の友人であり、俳諧とともに漢詩をよくした。

4……芭蕉と信仰があった、江戸在住の歌人。医師。

5……蕉門の俳人。大垣藩士。当時江戸詰だった。

◆25 石巻《いしのまき》

十二日《じふににち》、平泉《ひらいづみ》と志《こころざ》し、姉歯《あねは》の松《まつ》・緒絶《をだ》えの橋《はし》など聞《き》き伝《つた》へて、人跡《じんせき》まれに、雉兎蒭蕘《ちとすうぜう》の行《ゆ》きかふ道《みち》そことも分《わ》かず、つひに道踏《みちふ》みたがへて石《いし》の巻《まき》といふ港《みなと》に出《い》づ。「こがね花咲《はなさ》く」と詠《よ》みて奉《たてまつ》りたる[1]金華《きんくわ》山《ざん》、海上《かいしやう》に見《み》わたし、数百《すひやく》の廻船入江《くわいせんいりえ》につどひ、人家地《じんかち》をあらそひて、竈《かまど》の煙立《けぶりた》ち続《つづ》けたり。思《おも》ひかけずかかる所《ところ》にも来《き》たれるかなと、宿借《やどか》らんとすれど、さらに宿貸《やどか》す人《ひと》なし。やうやうまどしき小家《こいへ》に一夜《いちや》を明《あ》かして、明《あ》くればまた知《し》らぬ道迷《みちまよ》ひ行《ゆ》く。[2]袖《そで》の渡《わた》り・尾《を》ぶちの牧《まき》・真野《まの》の萱原《かやはら》などよそ目《め》に見《み》て、遥《はる》かなる堤《つつみ》を行《ゆ》く。心細《こころぼそ》き[3]長沼《ながぬま》に添《そ》うて、[4]戸伊摩《といま》といふ所《ところ》に一宿《いつしゆく》して、平泉《ひらいづみ》に至《いた》る。その間《かんに》二十余里《じふより》ほどとおぼゆ。

1……実際には石巻からは金華山は見ることができない。

2……『曾良旅日記』によれば、芭蕉一行は住吉神社を訪れており、袖の渡りは住吉神社の鳥居前にあるため、実際には袖の渡りを訪れたことになる。

3……詳細は不明。北上川の川筋の一部が残した沼のことか。

4……登米のこと。現在の宮城県登米市。

◆26 平泉《ひらいずみ》

[1]三代《さんだい》の栄耀《えいえう》一睡《いつすい》の中《うち》にして、[2]大門《だいもん》の跡《あと》は一里《いちり》こなたにあり。秀衡《ひでひら》が跡《あと》は田野《でんや》になりて、金鶏山《きんけいざん》のみ形《かたち》を残《のこ》す。まづ高館《たかだち》に登《のぼ》れば、北上川《きたかみがは》、南部《なんぶ》より流《なが》るる大河《たいが》なり。衣川《ころもがは》は和泉《いづみ》が城《じやう》を巡《めぐ》りて、高館《たかだち》の下《もと》にて大河《たいが》に落《お》ち入《い》る。[3]泰衡《やすひら》らが旧跡《きうせき》は、衣《ころも》が関《せき》を隔《へだ》てて南部口《なんぶぐち》をさし固《かた》め、夷《えぞ》を防《ふせ》ぐと見《み》えたり。さても、[4]義臣《ぎしん》すぐつてこの城《しろ》にこもり、功名一時《こうみやういちじ》の叢《くさむら》となる。「国破《くにやぶ》れて山河《さんが》あり、城春《しろはる》にして草青《くさあを》みたり」と、笠《かさ》うち敷《し》きて、時《とき》の移《うつ》るまで涙《なみだ》を落《お》としはべりぬ。

夏《なつ》草《くさ》や兵《つはもの》どもが夢《ゆめ》の跡《あと》
卯《う》の花《はな》に兼房《かねふさ》見《み》ゆる白毛《しらが》かな　曾良《そら》

かねて耳驚《みみおどろ》かしたる二堂《にだう》[5]開帳《かいちやう》す。経堂《きやうだう》は三将《さんしやう》の像《ざう》を残《のこ》し、光堂《ひかりだう》は三代《さんだい》の棺《ひつぎ》を納《をさ》め、三尊《さんぞん》の仏《ほとけ》を安置《あんぢ》す。七宝《しつぽう》散《ち》り失《う》せて、珠《たま》の扉《とぼそ》風《かぜ》に破《やぶ》れ、金《こがね》の柱《はしら》霜雪《さうせつ》に朽《く》ちて、すでに頽廃空虚《たいはいくうきよ》の叢《くさむら》となるべきを、四《し》面《めん》新《あら》たに囲《かこ》みて、甍《いらか》を覆《おほ》ひて風雨《ふうう》を凌《しの》ぎ、しばらく[6]千歳《せんざい》の記念《かたみ》とはなれり。

五月雨《さみだれ》の降《ふ》り残《のこ》してや光堂《ひかりだう》

1……平泉の地を治めた藤原清衡、基衡、秀衡の栄華のこと。

2……藤原三代の政庁があった平泉館の大門とされている。平泉館は、柳之御所遺跡として現代発掘調査が進められている。

3……底本では「康衡」だが「泰衡」が正しい。泰衡は藤原氏の四代目。どこをさすかについては諸説あり、決めがたい。

4……義経の臣下とする説と、それに限らず藤原氏一門も含め、頼朝勢に屈しなかった武将たちも含まれる説とがある。

5……『曾良旅日記』に「経堂ハ別当留守ニテ不開」とあり、芭蕉は経堂の中を実際には見ていない。

6……千年以来の記念物の意味。

◆27　尿《しと》前《まへ》の関《せき》

[1]南部道《なんぶみち》遥《はる》かに見《み》やりて、[2]岩手《いはて》の里《さと》に泊《と》まる。[3]小黒《をぐろ》崎《さき》・みづの小島《こじま》を過《す》ぎて、鳴子《なるご》の湯《ゆ》より[4]尿前《しとまへ》の関《せき》にかかりて、[5]出羽《では》の国《くに》に越《こ》えんとす。この道旅人《みちたびと》まれなる所《ところ》なれば、関守《せきもり》に怪《あや》しめられて、やうやうとして関《せき》を越《こ》す。大山《たいざん》を登《のぼ》つて日《ひ》すでに暮《く》れければ、封人《ほうじん》の家《いへ》を見《み》かけて宿《やど》りを求《もと》む。三日《みつか》風雨《ふうう》荒《あ》れて、よしなき山中《さんちゆう》に逗留《とうりう》す。

蚤《のみ》虱《しらみ》馬《うま》の尿《ばり》する枕《まくら》もと

1……南部街道は、さらに北の南部地方に続く道。北方への憧れがあったものの、断念して尾花沢へ向かう感慨がこめられた表現。

2……「言はで」の意を掛けて詠む歌枕。ここでは、さらに北の南部地方へいきたい思いはあったが、それは口にしないで、という意味。現在の宮城県大崎市。

3……「をぐろ崎みづのこじまの人ならば都のつとに

いざと言はましを　東歌」（『古今和歌集』）による歌枕。

4……伊達領と新庄領との間の関所。

5……現在の山形県・秋田県にあたる。

◆28 [1]山刀伐峠《なたぎりとうげ》

あるじのいはく、これより出羽《では》の国《くに》に大山《たいざん》を隔《へだ》て、道定《みちさだ》かならざれば、道《みち》しるべの人《ひと》を頼《たの》みて越《こ》ゆべきよしを申《まう》す。さらばと言《い》ひて人《ひと》を頼《たの》みはべれば、究竟《くつきやう》の若者《わかもの》、反脇指《そりわきざし》を横《よこ》たへ、樫《かし》の杖《つゑ》を携《たづさ》へて、われわれが先《さき》に立《た》ちて行《ゆ》く。今日《けふ》こそ必《かなら》ず危《あや》ふきめにもあふべき日《ひ》なれと、辛《から》き思《おも》ひをなして後《あと》に付《つ》いて行《ゆ》く。あるじの言《い》ふにたがはず、高山森々《かうざんしんしん》として一《いつ》鳥声《てうこゑ》聞《き》かず、木《こ》の下闇《したやみ》茂《しげ》り合《あ》ひて夜行《よるゆ》くがごとし。[2]雲端《うんたん》につちふる心地《ここち》して、篠《しの》の中《なか》踏《ふ》み分《わ》け踏《ふ》み分《わ》け、水《みづ》を渡《わた》り、岩《いは》に蹶《つまづ》いて、肌《はだ》に冷《つめ》たき汗《あせ》を流《なが》して、最上《もがみ》の庄《しやう》に出《い》づ。かの案内《あない》せし男《をのこ》の言《い》ふやう、「この道《みちかなら》必ず不用《ぶよう》のことあり。恙《つつが》なう送《おく》りまゐらせて、仕合《しあ》はせしたり」と、喜《よろこ》びて別《わか》れぬ。後《あと》に聞《き》きてさへ、胸《むね》とどろくのみなり。

1……峠の形が、地元で作られるゴザ帽子の「なたぎり」に似ていることが名前の由来。なたぎりは、冬場の山仕事で、風や雪をよけるために使われる。ちなみに、『曾良旅日記』によれば、富沢村の手前から左折、赤倉山の西方から峠道に入る。峠を越えて一羽村に出たところで若者と別れ、一野々を経て尾花沢に至る、というのが、実際の行路であった。

2……旋風が土を巻き上げ、雲の端から降らす、という意。杜甫の詩「已に風磴に入りて雲端に霾る」（『杜律集解』）に由来する。

◆29 尾花沢《おばねざわ》

尾花沢《をばねざは》にて清風《せいふう》といふ者《もの》を尋《たづ》ぬ。かれは富《と》める者《もの》なれども、志《こころざし》卑《いや》しからず。都《みやこ》にもをりをり通《かよ》ひて、さすがに旅《たび》の情《なさ》けをも知《し》りたれば、日《ひ》ごろとどめて、長途《ちやうど》のいたはり、さまざまにもてなしはべる。

涼《すず》しさをわが宿《やど》にしてねまるなり

這《は》ひ出《い》でよ飼屋《かひや》が下《した》の蟾《ひき》の声《こゑ》

眉掃《まゆは》きを俤《おもかげ》にして紅粉《べに》の花《はな》

蚕飼《こが》ひする人《ひと》は古代《こだい》の姿《すがた》かな　曾良《そら》

◆30 立石寺《りゆうしやくじ》

山形領《やまがたりやう》に立石寺《りふしやくじ》といふ山寺《やまでら》あり。[1]慈覚大師《じかくだいし》の開基《かいき》にして、殊《こと》に清閑《せいかん》の地《ち》なり。一見《いつけん》すべきよし、人々《ひとびと》の勧《すす》むるによりて、尾花沢《をばねざは》よりとつて返《かへ》し、その間《かん》七里《しちり》ばかりなり。日《ひ》いまだ暮《く》れず。麓《ふもと》の坊《ばう》に宿借《やどか》り置《お》きて、山上《さんじやう》の堂《だう》に登《のぼ》る。[2]岩《いは》に巌《いはほ》を重《かさ》ねて山《やま》とし、[3]松栢《しようはく》年旧《としふ》り、土石《どせき》老《お》いて苔滑《こけなめ》らかに、[4]岩上《がんしやう》の院々《ゐんゐん》扉《とびら》を閉《と》ぢて物《もの》の音聞《おとき》こえず。岸《きし》を巡《めぐ》り、岩《いは》を這《は》ひて、仏閣《ぶつかく》を拝《はい》し、[5]佳景寂寞《かけいじやくまく》として心澄《こころす》みゆくのみおぼゆ。

閑《しづ》かさや岩《いは》にしみ入《い》る蟬《せみ》の声《こゑ》

1……第三代天台座主、円仁。延暦一三年生、貞観六年没。根本中堂には慈覚大師作と伝わる木造薬師如来像が安置されている。

2……小岩に大岩を重ねて、の意味。

3……深山の緑を形容するときの常套的表現。

4……山そのものを岩とみて「岩上」と表現した。

5……すばらしい景色がすっかり静まり返って、の意味。

◆31 最上川《もがみがわ》

最上川《もがみがは》乗《の》らんと、大石田《おほいしだ》といふ所《ところ》に日和《ひより》を待《ま》つ。ここに古《ふる》き俳諧《はいかい》の種《たね》こぼれて、[1]忘《わす》れぬ花《はな》の昔《むかし》を慕《した》ひ、[2]蘆角一声《ろかくいつせい》の心《こころ》をやはらげ、この道《みち》にさぐり足《あし》して、[3]新古《しんこ》二道《ふたみち》に踏《ふ》み迷《まよ》ふといへども、[4]道《みち》しるべする人《ひと》しなければと、[5]わりなき一巻残《ひとまきのこ》しぬ。このたびの風流《ふうりう》ここに至《いた》れり。

最上川《もがみがは》は陸奥《みちのく》より出《い》でて、山形《やまがた》を水上《みなかみ》とす。[6]碁点《ごてん》・隼《はやぶさ》などいふ恐《おそ》ろしき難所《なんじよ》あり。板敷山《いたじきやま》の北《きた》を流《なが》れて、果《は》ては酒田《さかた》の海《うみ》に入《い》る。左右山覆《さいうやまおほ》ひ、茂《しげ》みの中《なか》に船《ふた》を下《くだ》す。これに稲《いね》積みたるをや、[7]稲船《いなぶね》といふならし。白糸《しらいと》の滝《たき》は青葉《あをば》の隙々《ひまひま》に落《お》ちて、[8]仙人堂《せんにんだう》、岸《きし》に臨《のぞ》みて立《た》つ。水《みづ》みなぎつて舟危《ふねあや》ふし。

五月雨《さみだれ》をあつめて早《はや》し最上川《もがみがは》

1……以前から伝わっていた俳諧の道を慕って、の意味。

2……「蘆角一声の心」とは「蘆笛の響きにも似た田舎じみた心」をいう。辺土の人の心を俳諧によって風雅にやわらげて、といった意味。

3……当時はさまざまな俳風が混在する中から、新しい元禄風が起こりつつあった時代であった。そうした過渡期に、大石田の連衆も進むべき方向性に迷っていたことがうかがえる。

4……俳諧の指導をする人がいないのでお願いしたい、という意味。

5……土地の連衆に求められ、やむなく巻いた一巻、という意味。

6……最上川の難所として知られる。大石田よりも上流にあり、芭蕉が体験したわけではない。

7……稲を積んだ舟のこと。『古今和歌集』に載る「最上河のぼればくだるいな舟のいなにはあらずこの月ばかり」の歌によって、最上川は恋の歌枕として定着した。

8……源義経の家来・常陸坊海尊がこの地で修行に励み、やがて仙人になったという伝承がある。

◆32 羽《は》黒《ぐろ》山《やま》

六月三日《ろくぐわつみつか》、羽黒山《はぐろやま》に登《のぼ》る。図司左吉《づしさきち》といふ者《もの》を尋《たづ》ねて、別当代会覚阿闍梨《べつたうだいゑがくあじやり》に謁《えつ》す。南谷《みなみだに》の別院《べつゐん》に宿《やど》して、憐愍《れんみん》の情《じやう》こまやかにあるじせらる。

四日《よつか》、本坊《ほんばう》において俳諧興行《はいかいこうぎやう》。

ありがたや雪《ゆき》をかをらす南谷《みなみだに》

五日《いつか》、権現《ごんげん》に詣《まう》づ。当山開闢能除大師《たうざんかいびやくのうぢよだいし》は、いづれの代《よ》の人《ひと》といふことを知《し》らず。延喜式《えんぎしき》に「羽州里山《うしうさとやま》の神社《じんじや》」とあり。書写《しよしや》、「黒《くろ》」の字《じ》を「里山《さとやま》」となせるにや、羽州黒山《うしうくろやま》を中略《ちゆうりやく》して羽黒山《はぐろやま》といふにや。出羽《では》といへるは、「鳥《とり》の毛羽《もうう》をこの国《くに》の貢《みつぎもの》に献《たてまつ》る」と、風土記《ふどき》にはべるとやらん。月山《ぐわつさん》・湯殿《ゆどの》を合《あ》はせて三山《さんざん》とす。当寺《たうじ》、[1]武江東叡《ぶかうとうえい》に属《ぞく》して、[2]天台止観《てんだいしくわん》の月明《つきあき》らかに、[3]円頓融通《ゑんどんゆづう》の法《のり》の灯《ともしび》かかげそひて、僧坊《そうばう》棟《むね》を並《なら》べ、修験行法《しゆげんぎやうぼふ》を励《はげ》まし、霊山霊地《れいざんれいち》の[4]験効《げんかう》、人《ひと》貴《たふと》びかつ恐《おそ》る。繁栄長《はんえいとこしなへ》にして、めでたき御山《おやま》と謂《い》つつべし。

1……江戸の東叡山寛永寺のことをさす。

2……天台宗の根本教義である止観の行法が、明らかで曇りのないこと。

3……「円頓」は円満な心でもってすみやかに悟りの境地に入ること、「融通」は諸法を観ずるのに滞らないこと。

4……霊験効能を意味する。

◆33 月《がつ》山《さん》・湯《ゆ》殿《どの》山《やま》

八日《やうか》、月山《ぐわつさん》に登《のぼ》る。[1]木綿《ゆふ》しめ身《み》に引《ひ》きかけ、[2]宝冠《ほうくわん》に頭《かしら》を包《つつ》み、強力《がうりき》といふものに導《みちび》かれて、雲霧山《うんむさん》気《き》の中《なか》に氷雪《ひようせつ》を踏《ふ》みて登《のぼ》ること八里《はちり》、さらに日月《にちぐわつ》行道《ぎやうだう》の雲関《うんくわん》に入《い》るかと怪《あや》しまれ、息絶《いきた》え身凍《みこご》えて、頂上《ちやうじやう》に至《いた》れば、日没《ひぼつ》して月顕《つきあらは》る。笹《ささ》を敷《し》き、篠《しの》を枕《まくら》として、臥《ふ》して明《あ》くるを待《ま》つ。日出《ひい》でて雲消《くもき》ゆれば、湯殿《ゆどの》に下《くだ》る。

谷《たに》のかたはらに鍛冶小屋《かぢごや》といふあり。この国《くに》の鍛《か》冶《ぢ》、霊水《れいすい》を選《えら》びて、ここに潔斎《けつさい》して剣《つるぎ》を打《う》ち、つひに月山《ぐわつさん》と銘《めい》を切《き》つて世《よ》に賞《しやう》せらる。かの竜泉《[3]りようせん》に剣《つるぎ》を淬《にら》ぐとかや、干将《[4]かんしやう》・莫耶《ばくや》の昔《むかし》を慕《した》ふ。道《[5]みち》に堪能《かんのう》の執《しふ》浅《あさ》からぬこと知《し》られたり。岩《いは》に腰掛《こしか》けてしばし休《やす》らふほど、三尺《さんじやく》ばかりなる桜《さくら》のつぼみ半《なか》ば開《ひら》けるあり。降《ふ》り積《つ》む雪《ゆき》の下《した》に埋《うづ》もれて、春《はる》を忘《わす》れぬ遅桜《おそざくら》の花《はな》の心《こころ[6]》わりなし。炎天《[7]えんてん》の梅花《ばいくわ》ここにかをるがごとし。行尊僧正《[8]ぎやうそんそうじやう》の歌《うた》のあはれもここに思《おも》ひ出《い》でて、なほまさりておぼゆ。総《そう》じてこの山中《さんちゆう》の微細《みさい》、行者《ぎやうじや》の法《ほふ》式《しき》として他言《たごん》することを禁《きん》ず。よつて筆《ふで》をとどめて記《しる》さず。

坊《ばう》に帰《かへ》れば、阿闍梨《あじやり》の求《もと》めによりて、三山巡礼《さんざんじゆんれい》の句々《くく》、短冊《たんじやく》に書《か》く。

涼《すず》しさやほの三日月《みかづき》の羽黒山《はぐろやま》

雲《くも》の峰《みね》いくつ崩《くづ》れて月《つき》の山《やま》

語《かた》られぬ湯殿《ゆどの》にぬらす袂《たもと》かな

湯殿山《[9]ゆどのやま》銭《ぜに》踏《ふ》む道《みち》の涙《なみだ》かな　曾良《そら》

1……出羽三山に登る際、首に掛けるしめ。こよりで作った修験袈裟。

2……頭を包む白い木綿の布。

3……中国湖南省汝南郡西平県にあった泉。

4……中国の周代末ごろの有名な刀鍛冶と、その妻。

5……一つの芸に秀でた者が、その道を究めようとする執念の意。

6……殊勝だ、いじらしい、という意。

7……珍しいもののたとえ。

8……行尊は平安末期の高僧で、天台座主。「大峯にておもひもかけずさくらの花の咲きたりけるをみてよめる」と前書された「もろともに哀とおもへ山桜花よりほかにしる人もなし」(『金葉集』雑上)をさす。

9……『おくのほそ道』の注釈書『奥細道菅菰抄』(梨一著、安永七年刊)に、「行者の投擲せし金銀ハ小石のごとく、銭は土砂にひとし。人其上を往来す」とある。

◆34 酒田《さかた》

羽黒《はぐろ》を立《た》ちて、鶴《つる》が岡《をか》の城下《じやうか》、[1]長山氏重行《ながやまうぢちゆうかう》といふ武士《もののふ》の家《いへ》に迎《むか》へられて、俳諧一巻《はいかいひとまき》あり。左吉《さきち》もともに送《おく》りぬ。川舟《かはぶね》に乗《の》つて酒田《さかた》の港《みなと》に下《くだ》る。[2]淵庵不玉《えんあんふぎよく》といふ医師《くすし》の許《もと》を宿《やど》とす。

[3]あつみ山《やま》や[4]吹浦《ふくうら》かけて夕涼《ゆふすず》み
暑《あつ》き日《ひ》を海《うみ》に入《い》れたり最上川《もがみがは》

1……長山五郎衛門重行。庄内藩主酒井家の家臣であった。

2……伊藤玄順。不玉は俳号。医師を正業とした。大淀三千風の門下であったが、後に蕉門に入る。

3……酒田の南約四〇キロ、海抜七三六メートルの山。

4……酒田から北に約二〇キロの海岸。現在の山形県飽海《あぐみ》郡遊佐《ゆざ》町。

◆35 象潟《きさがた》

江山水陸《かうざんすいりく》の風光数《ふうくわうかず》を尽《つ》くして、今象潟《いまきさがた》に[1]方寸《はうすん》を責《せ》む。酒田《さかた》の港《みなと》より東北《とうほく》のかた、山《やま》を越《こ》え、磯《いそ》を伝《つた》ひ、いさごを踏《ふ》みて、その際十里《さいじふり》、日影《ひかげ》やや傾《かたぶ》くころ、潮風真砂《しほかぜまさご》を吹《ふ》き上《あ》げ、[2]雨朦朧《あめもうろう》として鳥海《てうかい》の山隠《やまかく》る。[3]闇中《あんちゆう》に摸索《もさく》して「[4]雨《あめ》もまた奇《き》なり」とせば、雨後《うご》の晴色《せいしよく》また頼《たの》もしきと、蜑《あま》の苫屋《とまや》に膝《ひざ》を入《い》れて、雨《あめ》の晴《は》るるを待《ま》つ。その朝《あした》、天《てん》よく晴《は》れて、朝日《あさひ》はなやかにさし出《い》づるほどに、象潟《きさがた》に舟《ふね》を浮《う》かぶ。まづ能因島《のういんじま》に舟《ふね》を寄《よ》せて、三年幽居《みとせいうきよ》の跡《あと》を訪《とぶら》ひ、向《む》かうの岸《きし》に舟《ふね》を上《あ》がれば、「花《はな》の上漕《うへこ》ぐ」と詠《よ》まれし桜《さくら》の老《お》い木《き》、西行法師《さいぎやうほふし》の記念《かたみ》を残《のこ》す。江上《かうしやう》に御陵《みささぎ》あり、神功后宮《じんぐうこうぐう》の御墓《みはか》といふ。寺《てら》を干満珠寺《かんまんじゆじ》といふ。この所《ところ》に行幸《みゆき》ありしこといまだ聞《き》かず。いかなることにや。この寺《てら》の方丈《はうぢやう》に座《ざ》して簾《すだれ》を捲《ま》けば、風景一眼《ふうけいいちがん》の中《うち》に尽《つ》きて、南《みなみ》に鳥海《てうかい》、天《てん》をささへ、その影映《かげうつ》りて江《え》にあり。西《にし》は[5]むやむやの関《せき》、道《みち》を限《かぎ》り、東《ひがし》に堤《つつみ》を築《きづ》きて、秋田《あきた》に通《かよ》ふ道遥《みちはる》かに、海北《うみきた》にかまへて、波《なみ》うち入《い》る所《ところ》を汐越《しほごし》といふ。江《え》の縦横一里《じゆうわういちり》ばかり、俤松島《おもかげまつしま》に通《かよ》ひて、また異《こと》なり。松島《まつしま》は笑《わら》ふがごとく、象潟《きさがた》は憾《うら》むがごとし。寂《さび》しさに悲《かな》しみを加《くは》へて、地勢魂《ちせいたましひ》を悩《なや》ますに似《に》たり。

象潟《きさがた》や雨《あめ》に西施《せいし》がねぶの花《はな》
汐越《しほごし》や鶴《つる》脛《はぎ》ぬれて海涼《うみすず》し

祭礼《さいれい》

象潟《きさがた》や料理《れうり》何食《なにく》ふ神祭《かみまつ》り　曾良《そら》

蜑《あま》の家《や》や戸板《といた》を敷《し》きて夕涼《ゆふすず》み　[6]美濃《みの》の国《くに》の商人《しやうにん》　低耳《ていじ》

岩上《がんしやう》に雎鳩《みさご》の巣《す》を見《み》る

[7]波越《なみこ》えぬ契《ちぎ》りありてや雎鳩《みさご》の巣《す》　曾良《そら》

1……詩心を研ぎ澄ます、という意。

2……中国北宋代の詩人・蘇東坡の詩句「山色朦朧として雨も亦奇なり」（『聯珠詩格』）に拠る。

3……戦国時代の禅僧・策彦周良の詩句「暗中に模索して西湖を識る」に拠る。

4……前掲の蘇東坡の詩に拠る。

5……有耶無耶の関とも。象潟の南西約四キロの地にあったという伝説的な歌枕。

6……本名は宮部弥三郎。美濃国長良の商人で、秋田から北陸地方を広く行商していた。池西言水系の俳人。

7……「君をおきてあだし心をわが持たば末の松山波も越えなん」（古今集・東歌）を踏まえた句。

◆36 越後路《えちごじ》

酒田《さかた》のなごり日《ひ》を重《かさ》ねて、[1]北陸道《ほくろくだう》の雲《くも》に望《のぞ》む。遥々《えうえう》の思《おも》ひ胸《むね》をいたましめて、[2]加賀《かが》の府《ふ》まで百三十里《ひやくさんじふり》と聞《き》く。鼠《ねず》の関《せき》を越《こ》ゆれば、越後《ゑちご》の地《ち》に歩行《あゆみ》を改《あらた》めて、越中《ゑつちゆう》の国市振《くにいちぶり》の関《せき》に至《いた》る。[3]この間九日《かんここのか》、暑湿《しよしつ》の労《らう》に神《しん》を悩《なや》まし、病《やまひ》おこりて事《こと》を記《しる》さず。

文月《ふみづき》や六日《むいか》も常《つね》の夜《よ》には似《に》ず

荒海《あらうみ》や佐渡《さど》に横《よこ》たふ天《あま》の河《がは》

1……越後、佐渡、越中、能登、加賀、越前、若狭の七つの国を通る街道
2……加賀の中心である金沢を指す。
3……実際には、鼠の関と市振の間は十四日間。

◆37 市振《いちぶり》

今日《けふ》は親知《おやし》らず・子知《こし》らず・犬戻《いぬもど》り・駒返《こまがへ》しなどいふ北国一《ほくこくいち》の難所《なんじよ》を越《こ》えて疲《つか》れはべれば、枕引《まくらひ》き寄《よ》せて寝《ね》たるに、一間《ひとま》隔《へだ》てて面《おもて》のかたに、若《わか》き女《をんな》の声《こゑ》、ふたりばかりと聞《き》こゆ、年老《としお》いたる男《をのこ》の声《こゑ》も交《ま》じりて物語《ものがたり》するを聞《き》けば、越後《ゑちご》の国新潟《くにひがた》といふ所《ところ》の遊女《いうぢよ》なりし。伊勢参宮《いせさんぐう》するとて、この関《せき》まで男《をのこ》の送《おく》りて、明日《あす》は故郷《ふるさと》に返《かへ》す文《ふみ》したためて、はかなき言伝《ことづて》などしやるなり。[1]白波《しらなみ》の寄《よ》する汀《なぎさ》に身《み》をはふらかし、海《あ》

士《ま》のこの世《よ》をあさましう下《くだ》りて、定《さだ》めなき契《ちぎ》り、日々《ひび》の業因《ごふいん》いかにつたなしと、物《もの》いふを聞《き》く聞《き》く寝《ね》入《い》りて、朝旅立《あしたたびだ》つに、われわれに向《む》かひて、「行方《ゆくへ》知《し》らぬ旅路《たびぢ》の憂《う》さ、あまりおぼつかなう悲《かな》しくはべれば、見《み》え隠《がく》れにも御跡《おんあと》を慕《した》ひはべらん。衣《ころも》の上《うへ》の御情《おんなさ》けに大慈《だいじ》の恵《めぐ》みを垂《た》れて、結縁《けちえん》せさせたまへ」と涙《なみだ》を落《お》とす。不便《ふびん》のことにははべれども、「われわれは所々《ところどころ》にてとどまるかた多《おほ》し。ただ人《ひと》の行《ゆ》くにまかせて行《ゆ》くべし。神明《しんめい》の加護《かご》、必《かなら》ず恙《つつが》なかるべし」と言《い》ひ捨《す》てて出《い》でつつ、あはれさしばらくやまざりけらし。

　一《ひと》つ家《や》に遊女《いうぢよ》も寝《ね》たり萩《はぎ》と月《つき》

曾良《そら》に語《かた》れば、書《か》きとどめはべる。

1……「白波の寄するなぎさに世をすぐすあまの子なれば宿も定めず」（『和漢朗詠集』）を踏まえた表現。

◆38 越中路《えつちゆうじ》・金沢《かなざわ》

　黒部四十八《くろべしじふはち》が瀬《せ》とかや、数知《かずし》らぬ川《かは》を渡《わた》りて、那《な》古《ご》といふ浦《うら》に出《い》づ。担籠《たご》の藤浪《ふぢなみ》は、春《はる》ならずとも、初秋《はつあき》のあはれ訪《と》ふべきものをと、人《ひと》に尋《たづ》ぬれば、「これより五里《ごり》磯伝《いそづた》ひして、向《む》かうの山陰《やまかげ》に入《い》り、蜑《あま》の苫葺《とまぶ》きかすかなれば、蘆《あし》の一夜《ひとよ》の宿貸《やどか》すものあるまじ」と、言《い》ひおどされて、加賀《かが》の国《くに》に入《い》る。

　早稲《わせ》の香《か》や分《わ》け入《い》る右《みぎ》は有磯海《ありそうみ》

卯《う》の花山《はなやま》・倶利伽羅《くりから》が谷《たに》を越《こ》えて、金沢《かなざは》は七月中《ふみつきなか》の五日《いつか》なり。ここに大坂《おほざか》より通《かよ》ふ商人《しやうにん》[1]何処《かしよ》といふ者《もの》あり。それが旅宿《りよしゆく》をともにす。

　[2]一笑《いつせう》といふ者《もの》は、この道《みち》に好《す》ける名《な》のほのぼの聞《き》こえて、世《よ》に知《し》る人《ひと》もはべりしに、去年《こぞ》の冬早世《ふゆさうせい》したりとて、その兄追善《あにつゐぜん》を催《もよほ》すに、

　塚《つか》も動《うご》けわが泣《な》く声《こゑ》は秋《あき》の風《かぜ》

　　ある草庵《さうあん》にいざなはれて

　秋涼《あきすず》し手《て》ごとにむけや瓜茄子《うりなすび》

　　[3]途中吟《とちゆうぎん》

　あかあかと日《ひ》はつれなくも秋《あき》の風《かぜ》

　　小松《こまつ》といふ所《ところ》にて

　しをらしき名《な》や小松吹《こまつふ》く萩薄《はぎすすき》

1……大坂の俳人。

2……小杉味頼。金沢片町の葉茶屋。承応二年に生まれ、元禄元年十二月に没す。享年三十六。

3……金沢から小松にいたる間の吟として配置されているが、実際は金沢に入る前に作られている。

◆39 多《た》太《だ》神《じん》社《じや》・那《な》谷《た》

この所《ところ》多太《ただ》の神社《じんじや》に詣《まう》づ。実盛《さねもり》が甲《かぶと》・錦《にしき》の切《き》れあり。往昔《そのかみ》、源氏《げんじ》に属《ぞく》せし時《とき》、義朝公《よしともこう》より賜《たま》はらせたまふとかや。げにも平士《ひらさぶらひ》のものにあらず。目庇《まびさし》より吹返《ふきかへ》しまで、菊唐草《きくからくさ》の彫《ほ》りもの金《こがね》をちりばめ、竜《たつ》頭《がしら》に鍬形《くはがた》打《う》つたり。実盛討死《さねもりうちじに》の後《のち》、[1]木曾義仲願状《きそよしなかぐわんじやう》に添《そ》へて、この社《やしろ》にこめられはべるよし、[2]樋口《ひぐち》の次郎《じらう》が使《つか》ひせしことども、まのあたり縁起《えんぎ》に見《み》えたり。

むざんやな甲《かぶと》の下《した》のきりぎりす

山中《やまなか》の温泉《いでゆ》に行《ゆ》くほど、[3]白根《しらね》が岳《だけ》、後《あと》に見《み》なして歩《あゆ》む。左《ひだり》の山際《やまぎは》に観音堂《くわんおんだう》あり。花山《くわさん》の法皇《ほふわう》、三十三《さんじふさん》所《しよ》の巡礼《じゆんれい》遂《と》げさせたまひて後《のち》、大慈大悲《だいじだいひ》の像《ざう》を安置《あんち》したまひて、那谷《なた》と名付《なづ》けたまふとや。那智《なち》・谷汲《たにぐみ》の二字《にじ》を分《わ》かちはべりしとぞ。奇石《きせき》さまざまに、古《こし》松《よう》植《う》ゑ並《なら》べて、萱葺《かやぶ》きの小堂《せうだう》、岩《いは》の上《うへ》に造《つく》り掛《か》けて、殊勝《しゆしよう》の土地《とち》なり。

石山《いしやま》の石《いし》より白《しろ》し秋《あき》の風《かぜ》

1……鎌倉時代の武将。倶利伽羅峠で平家を破り、征夷大将軍に任じられたが、源義経の軍に討たれる。幼い頃を実盛のもとで育てられたため、実盛を手厚く回向させ、甲と直垂を多太神社に納めた。
2……樋口次郎兼光。義仲の忠臣。
3……石川と岐阜の県境の白山を指す。

◆40 山《やま》中《なか》・別《べつ》離《り》・全《ぜん》昌寺《しようじ》

温泉《いでゆ》に浴《よく》す。その効有明《かうありあけ》に次《つ》ぐといふ。

山中《やまなか》や菊《きく》はたをらぬ湯《ゆ》の匂《にほ》ひ

あるじとする者《もの》は、久米之助《くめのすけ》とて、いまだ小童《せうどう》なり。かれが父《ちち》、俳諧《はいかい》を好《この》み、[1]洛《らく》の貞室《ていしつ》若輩《じやくはい》の昔《むかし》、ここに来《き》たりしころ、風雅《ふうが》に辱《はづかし》められて、洛《らく》に帰《かへ》りて[2]貞徳《ていとく》の門人《もんじん》となつて世《よ》に知《し》らる。功名《こうみやう》の後《のち》、この一村《いつそん》[3]判詞《はんじ》の料《れう》を請《う》けずといふ。今更《いまさら》昔語《むかしがたり》とはなりぬ。

曾良《そら》は腹《はら》を病《や》みて、伊勢《いせ》の国《くに》[4]長島《ながしま》といふ所《ところ》にゆかりあれば、先立《さきだ》ちて行《ゆ》くに、

行《ゆ》き行《ゆ》きて倒《たふ》れ伏《ふ》すとも萩《はぎ》の原《はら》　曾良《そら》

と書《か》き置《お》きたり。行《ゆ》く者《もの》の悲《かな》しみ、残《のこ》る者《もの》の憾《うら》み、[5]隻鳧《せきふ》の別《わか》れて雲《くも》に迷《まよ》ふがごとし。予《よ》もまた、

今日《けふ》よりや書付《かきつけ》消さん笠《かさ》の露《つゆ》

大聖寺《だいしやうじ》の城外《じやうぐわい》、全昌寺《ぜんしやうじ》といふ寺《てら》に泊《と》まる。なほ加《か》賀《が》の地《ち》なり。曾良《そら》も前《まへ》の夜《よ》この寺《てら》に泊《と》まりて、

よもすがら秋風《あきかぜ》聞《き》くや裏《うら》の山《やま》

と残《のこ》す。一夜《いちや》の隔《へだ》て、千里《せんり》に同《おな》じ。われも秋風《あきかぜ》を聞《き》きて衆寮《しゆれう》に臥《ふ》せば、あけぼのの空近《そらちか》う、読経声澄《どきやうこゑす》むままに、[6]鐘板《しようばん》鳴りて食堂《じきだう》に入《い》る。今日《けふ》は越前《あちぜん》の国《くに》へと、心早卒《こころさうそつ》にして堂下《だうか》に下《くだ》るを、若《わか》き僧《そう》ども紙硯《しけん》をかかへ、階《きざはし》の下《もと》まで追《お》ひ来《き》たる。をりふし庭中《ていちゆう》の柳《やなぎ》散《ち》れば、

庭掃《にははき》きて出《い》でばや寺《てら》に散《ち》る柳《やなぎ》

とりあへぬさましして、草鞋《わらぢ》ながら書《か》き捨《す》つ。

1……安原貞室。京都在住で、貞門の俳人であった。なお、久米之助の父に俳諧のことで恥を受け、それに発奮して貞門の俳人として世に知られるようになった、というこの逸話は、俗説と考えられている。

2……松永貞徳。江戸時代前期の俳人・歌人。貞門俳諧の始祖。

3……俳諧の添削批評の謝礼金。

4……当時の長島藩の城下町で、そこの大智院で曾良は静養した。当時の住職は曾良の叔父にあたる。現在の三重県桑名市長島町。

5……唐代の故事集『蒙求』の「雙鳧倶に北に飛び、一鳧独り南に翔る」(「李陵初詩」)に拠る。

6……禅寺で、食事などの合図のために叩いて鳴らす大きな板。

◆41 汐《しお》越《ごし》の松《まつ》・天竜寺《てんりゆうじ》・永平寺《えいへいじ》

越前《あちぜん》の境《さかひ》、吉崎《よしざき》の入江《いりえ》を舟《ふね》に棹《さをさ》して、汐越《しほごし》の松《まつ》を尋《たづ》ぬ。

よもすがら嵐《あらし》に波《なみ》を運《はこ》ばせて
月《つき》を垂《た》れたる汐《しほ》越《ごし》の松《まつ》 西行《さいぎやう》

この一首《いつしゆ》にて数景尽《すけいつ》きたり。もし一弁《いちべん》を加《くは》ふるものは、[1]無用《むよう》の指《ゆび》を立《た》つるがごとし。丸岡天竜寺《まるをかてんりゆうじ》の長老《ちやうらう》、古《ふる》き因《ちな》みあれば尋《たづ》ぬ。また、金沢《かなざは》の北枝《ほくし》といふ者《もの》、かりそめに見送《みおく》りて、この所《ところ》まで慕《した》ひ来《き》たる。所々《ところどころ》の風景過《ふうけいす》ぐさず思《おも》ひ続《つづ》けて、をりふしあはれなる作意《さくい》など聞《き》こゆ。今《いま》すでに別《わか》れに臨《のぞ》みて、

物書《ものか》きて扇引《あふぎひ》きさくなごりかな

五十丁山《ごじつちやうやま》に入《い》りて、永平寺《えいへいじ》を礼《らい》す。道元禅師《だうげんぜんじ》の御《み》

寺《てら》なり。[2]邦畿《はうき》千里《せんり》を避《さ》けて、かかる山陰《やまかげ》に跡《あと》を残《のこ》したまふも、貴《たふと》きゆゑありとかや。

1……まったく無駄なことだ、という意味。『荘子』の「駢拇篇」に「足ニ駢アル者ハ無用ノ肉ヲ連ネ、手ニ枝アル者ハ無用ノ指ヲ樹タル也」による。「駢」は、指の間がつながっていること。

2……「邦畿」は国の中心。そこから四方千里の間、という意味。

◆42 福《ふく》井《い》

福井《ふくゐ》は[1]三里《さんり》ばかりなれば、夕飯《ゆふめし》したためて出《い》づるに、黄昏《たそかれ》の道《みち》たどたどし。ここに[2]等栽《とうさい》といふ古《ふる》き隠《いん》士《し》あり。いづれの年《とし》にか江戸《えど》に来《き》たりて予《よ》を尋《たづ》ぬ。遥《はる》か十《と》年余《とせあま》りなり。いかに老《お》いさらぼひてあるにや、はた死《し》にけるにやと、人《ひと》に尋《たづ》ねはべれば、いまだ存《ぞん》命《めい》してそこそこと教《をし》ふ。市中《しちゆう》ひそかに引《ひ》き入《い》りて、あやしの小家《こいへ》に夕顔《ゆふがほ》・へちまの延《は》へかかりて、鶏《けい》頭《とう》・箒木《ははきぎ》に戸《と》ぼそを隠《かく》す。さてはこの内《うち》にこそと、門《かど》をたたけば、侘《わび》しげなる女《をんな》の出《い》でて、「いづくよりわたりたまふ道心《だうしん》の御坊《ごばう》にや。あるじはこのあたり何某《なにがし》といふ者《もの》のかたに行《ゆ》きぬ。もし用《よう》あらば尋《たづ》ねたまへ」と言《い》ふ。かれが妻《つま》なるべしと知《し》らる。昔物《むかしもの》語《がたり》にこそかかる風情《ふぜい》ははべれと、やがて尋《たづ》ね会《あ》ひて、その家《いへ》に二夜《ふたよ》泊《と》まりて、名月《めいげつ》は敦賀《つるが》の港《みなと》にと旅立《たびだ》つ。等栽《とうさい》もともに送《おく》らんと、裾《すそ》をかしうからげて、道《みち》の枝《し》折《を》りと浮《う》かれ立《た》つ。

1……永平寺を基点とした距離だが、本文では天竜寺からの距離に読める。

2……正しくは洞哉。福井在住の俳人。貞門の俳人である「可卿」であると言われてきたが、まったくの別人という説もある。芭蕉との江戸での縁も、詳細はわかっていない。

◆43 敦《つる》賀《が》

やうやう白根《しらね》が岳隠《だけかく》れて、比那《ひな》が嵩現《だけあらは》る。あさむづの橋《はし》を渡《わた》りて、玉江《たまえ》の蘆《あし》は穂《ほ》に出《い》でにけり。鶯《うぐひす》の関《せき》を過《す》ぎて、湯尾峠《ゆのをたうげ》を越《こ》ゆれば、燧《ひうち》が城《じやう》、帰山《かへるやま》に初《はつ》雁《かり》を聞《き》きて、十四日《じふよつか》の夕暮《ゆふぐ》れ、敦賀《つるが》の津《つ》に宿《やど》を求《もと》む。

その夜《よ》、月殊《つきこと》に晴《は》れたり。「明日《あす》の夜《よ》もかくあるべきにや」と言《い》へば、「越路《こしぢ》の習《なら》ひ、なほ[1]明夜《めいや》の陰《いん》晴《せい》はかりがたし」と、あるじに酒勧《さけすす》められて、気比《けい》の明神《みやうじん》に夜参《やさん》す。仲哀天皇《ちゆうあいてんわう》の御廟《ごべう》なり。社頭神《しやとうかん》さびて、松《まつ》の木《こ》の間《ま》に月《つき》の漏《も》り入《い》りたる、御前《おまへ》の白砂《はくさ》、霜《しも》を敷《し》けるがごとし。往昔《そのかみ》、遊行二世《ゆぎやうにせい》の上人《しやうにん》、大願《たいぐわん》発起《ほつき》のことありて、自《みづか》ら草《くさ》を刈《か》り、土石《どせき》を荷《にな》ひ、泥渟《でいてい》をかわかせて、参詣往来《さんけいわうらい》の煩《わづら》ひなし。古例今《これいいま》に絶《た》えず、神前《しんぜん》に真砂《まさご》を荷《にな》ひたまふ。これを遊行《ゆぎやう》の砂持《すなも》ちと申《まう》しはべる、と亭主《ていしゆ》の語《かた》りける。

月清《つききよ》し遊行《ゆぎやう》の持《も》てる砂《すな》の上《うへ》

十五日《じふごにち》、亭主《ていしゆ》のことばにたがはず雨降《あめふ》る。

名月《めいげつ》や北国日和《ほくこくびより》定《さだ》めなき

1……中国宋代の詩人・孫明復の八月十四日の詩に見られる「清樽素瑟宜シク先ヅ賞スベシ。明夜ノ陰晴未ダ知ル可カラズ」の詩句に拠る。

◆44 種《いろ》の浜《はま》

十六日《じふろくにち》、空晴《そらは》れたれば、ますほの小貝拾《こがひひろ》はんと、[1]種《いろ》の浜《はま》に舟《ふね》を走《は》す。[2]海上七里《かいしやうしちり》あり。[3]天屋何某《てんやなにがし》といふ者《もの》、[4]破籠《わりご》・[5]小竹筒《ささえ》などこまやかにしたためさせ、僕《しもべ》あまた舟《ふね》にとり乗《の》せて、[6]追《お》ひ風《かぜ》、時《とき》の間《ま》に吹《ふ》き着《つ》きぬ。浜《はま》はわづかなる海士《あま》の小家《こいへ》にて、侘《わび》しき法華寺《ほつけでら》あり。ここに茶《ちや》を飲《の》み、酒《さけ》を暖《あたた》めて、夕暮《ゆふぐ》れの寂《さび》しさ、感《かん》に堪《た》へたり。

寂《さび》しさや須磨《すま》に勝《か》ちたる浜《はま》の秋《あき》

波《なみ》の間《ま》や小貝《こがひ》にまじる萩《はぎ》の塵《ちり》

その日《ひ》のあらまし、等栽《とうさい》に筆《ふで》をとらせて寺《てら》に残《のこ》す。

1……色が浜のこと。敦賀湾北西岸の浜。

2……七里は文学的虚飾で、実際は直線距離で二里余り。

3……天屋五郎右衛門。俳号ははじめ水魚、のちに玄流。生業は廻船問屋。

4……白木の折箱。中に仕切りのある弁当箱のこと。

5……持ち運べるように作った竹筒の酒入れ。

6……『源氏物語』「須磨の巻」の「日長きころなれば、追風さへそひて、まだ申の時ばかりに、かの浦に着きたまひぬ」を下敷きにした表現。

◆45 大垣《おおがき》

[1]露通《ろつう》もこの港《みなと》まで出《い》で迎《むか》ひて、美濃《みの》の国《くに》へと伴《ともな》ふ。駒《こま》に助《たす》けられて大垣《おほがき》の庄《しやう》に入《い》れば、曾良《そら》も伊勢《いせ》より来《き》たり合《あ》ひ、[2]越人《ゑつじん》も馬《うま》を飛《と》ばせて、[3]如行《じよかう》が家《いへ》に入《い》り集《あつ》まる。[4]前川子《ぜんせんし》・[5]荊口父子《けいこうふし》、その外親《ほかした》しき人々《ひとびと》、日《にち》夜訪《やとぶら》ひて、蘇生《そせい》の者《もの》に会《あ》ふがごとく、かつ喜《よろこ》びかついたはる。旅《たび》のものうさもいまだやまざるに、長月《ながづき》

六日《むいか》になれば、伊勢《いせ》の遷宮《せんぐう》拝《をが》まんと、また舟《ふね》に乗《の》りて、

蛤《はまぐり》のふたみに別《わか》れ行《ゆ》く秋《あき》ぞ

1……正しくは路通。斎部氏。乞食僧となって放浪していたところ、貞享二年、『野ざらし紀行』の旅の途中で芭蕉に会って入門した。当初は『おくのほそ道』の旅の随行者に予定されていた。

2……越智氏。名古屋蕉門。紺屋を営んでいた。『更科日記』の旅に随行するなど、芭蕉の信頼も厚かった。

3……近藤氏。もと大垣藩士で、蕉門の俳人。

4……大垣藩士で、詰職の要職にあったため、「子」という敬称を付けている。

5……本名は宮崎太左衛門。大垣藩士で、蕉門。宮崎此筋、岡田千川、秋山文鳥の三人の息子があり、いずれも蕉門に帰していた。

芭《ば》蕉《しょう》と歩《ある》く「おくのほそ道《みち》」ノート

平成二十四年四月二十五日　初版発行

編者◆角川学芸出版《かどかわがくげいしゅっぱん》
発行者◆山下直久
発行所◆株式会社角川学芸出版　東京都千代田区富士見2－13－3　〒102－0071
http://www.kadokawagakugei.com/　tel 03－5215－7815
発売元◆株式会社角川グループパブリッシング　東京都千代田区富士見2－13－3　〒102－8177
http://www.kadokawa.co.jp/　tel 03－3238－8521
印刷所◆旭印刷株式会社
製本所◆本間製本株式会社

ISBN978-4-04-653256-5　C0095